扶瑤直上

上

若涵 著

文創風 1003

目錄

序文

若涵

這本書完成許久了，接到為它寫一篇序文的通知，嘴角還是忍不住泛起笑意。

我生平有兩個最愛，一是研究美食，二是寫文章，寫這套書說得上是把自己最愛的兩件事結合在了一起，從構思到落筆，過程都令人愉悅。

從小我就愛在本子上寫東西，中學寫幾百字的小短篇；高中偷偷在晚自習時寫連載小說；大學就用電腦在網路上寫故事，雖然實質上是從頭到尾完成一個屬於自己的作品，我，還是個略顯生澀的新手。

著手撰寫之前，書中兩個主角的模樣已經在腦子裡刻畫了許久，我想寫一個溫馨、平和，帶著點小甜蜜的故事；一個沒有勾心鬥角、兄弟矛盾、後宮爭寵的穿越文。

我希望女主角溫柔且強大，能妥善照顧身邊的人，又有自己獨到的見解和事業。

我希望男主角看起來清冷如謫仙，實際上溫和體貼，還有些黏人。

我也希望故事裡沒有十惡不赦的反派，唯有偶爾犯錯的普通人，希望他們每個人都真實可愛，如同我們身邊的親人和朋友。

我還希望主角們家庭幸福美滿、父母慈愛、兄友弟恭，即便有小小的拌嘴與爭吵，也只是生活當中的調劑。

友人說，這樣的小說也太過平淡了吧，總要來點刺激的，不然還不把讀者給看睡著了？

思索良久之後，我添上了覺得最刺激的內容——美食。

說實在的，還有什麼比美味的食物更能觸動人的神經呢？餐桌上的料理總能讓人回憶起溫暖的燈火跟歡聲笑語，或是從裡到外，令身心都獲得了慰藉。

為了描繪這些內容，我大約翻了三個月的食譜，不同的食物要對應不同的劇情，以及角色們的心境，同時還要寫得讓人能藉由文字體會到美味，這可真不是件容易的事情，光是被我淘汰掉的食物，大概就有上千種了吧。

幸好，世界各地的美食實在是太多了，讓我順利找到搭配各種場景的食物。書中的食譜基本上都是可行的，在撰寫的過程中，我還試著做過其中一大半來品嚐，確實可口，不過有些超過我能力範圍的就沒嘗試了，因此作法上若有些誤差，也請讀者們諒解。

建構故事的流程，大多數是順利的，但偶爾也有坎坷，因為女主角是個格外有想法的女孩子，老是想跳出我為她安排的劇情，去做些自已想做的事。

好在我們總能達成共識，有時是我讓一步，有時是她退一步，透過這個經歷，我也對她本人以及她的性格有更深入的了解，讓我安排更適合的劇情，好令故事走向圓滿的結局。

這套書在最恰當的時刻畫下休止符，但是相信在小說的世界裡，他們的人生尚未結束。想到往後的每一天，他們都將度過洋溢著幸福與歡樂、時不時又有些變化的生活，讓我在不捨的同時，感到些許寬慰。

相信讀了這套書的你，最終也會帶著微笑合上書頁，擁有完美的一天。

第一章　返回原身

清晨。

第一縷陽光穿透窗簾，夏瑤關掉鬧鐘，茫然地坐起來揉了揉眼睛，抓起身邊的手機看了備忘錄一眼，瞬間清醒。

今天有點忙，早餐從簡吧。

她起身漱洗一下，進廚房拿了片白吐司，用擀麵棍擀薄，然後用奶油刀塗了一層自己做的披薩醬，上面再隨意地放上蘑菇片、對半切開的小番茄、青豆和新鮮的鮭魚肉，撒上切碎的荷蘭芹，再用刨絲器刮了厚厚一層莫札瑞拉起司蓋在上面，最後虔誠地把這片吐司送進烤箱。

打開烤箱那一瞬間，年久失修的電路在不易察覺的地方閃出兩道小小的火花。

夏瑤並未注意到這件事，她從櫃子裡拿出手沖咖啡壺，拿起一旁燒好的熱開水。

雖然現在各種咖啡機既便宜又方便，不過夏瑤還是偏愛自己沖泡的咖啡，不同的時間、溫度，會讓咖啡產生不一樣的味道，儘管偶有失誤，但並不影響她對這個作法的喜愛。

咖啡的香氣在空氣中彌漫，夏瑤深深吸了一口氣，此時手機鈴聲響起，她瞄了一眼——是自己的好友。

「昨天相親怎麼樣啊，夏老闆？」甜甜的聲音從話筒中傳來，彷彿是咖啡裡的甜牛奶。

「行了，別笑話我了。」夏瑤放下水壺，繼續說道：「還能怎麼樣，妳覺得他們會給我介紹什麼好對象？年近四十、禿頭啤酒肚，是個私人企業小老闆，叫我別工作了，他養我。」

話筒另一邊的人嗤嗤笑了半天道：「還挺有擔當的。」

夏瑤轉了個身說：「我知道我奶奶怎麼想的，覺得我礙事，又想把我正在做的事交給我哥，她也不想想，就我哥那樣子，家不給他敗光了才怪。」

「上回是個家裡有錢的障礙者，上上回是個直言要和妳假結婚的同志，這回……」好友嘆了口氣道：「妳家到底和妳有什麼仇？」

「沒什麼仇，都是為了錢罷了。」夏瑤早就看得明白，只道：「我父母走得早，一個女孩子還拿了家族企業的股份，可不就是礙眼又礙事？如今總算大學畢業，早早嫁出去才好，他們想藉著聯姻撈點好處，又不希望我未來的夫家太厲害，就只能找這樣的人了。」

好友沈默了一會兒，安慰道：「沒關係的瑤瑤，沒人愛妳，可妳還有我啊。」

夏瑤總算被逗樂，道：「行啊，我下半輩子的愛就靠妳了。」

好友立刻拒絕。「倒也不必，我的愛還要分給帥哥呢。」

烤箱「叮」了一聲，披薩吐司烤好了，夏瑤彎腰從抽屜裡拿出隔熱手套，好友在電話那頭聽見了，問道：「又做什麼好吃的？」

「烤了片吐司而已。」夏瑤按下擴音鍵，把手機放在流理臺上。

「瑤瑤哪怕隨便烤片吐司，都是最棒的。」好友吸吸鼻子道：「對了，我買了上次那家妳很喜歡的檸檬奶酒，晚上來我家喝嗎？」

「好啊。」夏瑤拉開烤箱的門。

電路終究是不堪重負，冒出了它所能承受的最大限度的火光，夏瑤驚恐地抬起頭，下個瞬間，蔓延的電光罩住了她整個人。

片刻後，空無一人的廚房裡，披薩吐司還在烤箱中散發著熱騰騰的香氣，流理臺上，被人遺忘的手機裡傳來好友焦急的聲音。「瑤瑤？瑤瑤，說話呀！妳別嚇我！」

似乎是睡了很長的一覺，再度醒來的時候，夏瑤稍微動了動身體，感覺自己正靠在什麼人身上。

「小姐，您醒了？」耳邊有個溫柔的聲音問道：「要喝點水嗎？」

小姐？夏瑤茫然地睜開眼睛，卻發現眼前被一塊紅布擋住了視線，她眨了眨雙眼，伸手想要拿下紅布。

「小姐，這個可不能自己取下。」邊上的人按住她的手道：「這紅蓋頭得王爺來揭才行。小姐今天累了吧？剛剛都睡著了。」

紅蓋頭？王爺？夏瑤睡懵了的腦子遲鈍地運轉了幾下，回想起自己剛剛經歷的事情。

電路老舊——夏瑤想起來了，好友很早以前就要她從那個老社區搬走，但她捨不得父母的房子，一直沒離開。按照那個電壓強度，自己不可能安然無恙，所以她這是……穿越了？而且還直接穿越到別人的洞房花燭夜?!

幸虧頭上有紅蓋頭，她的表情被遮住，可以稍微緩一緩情緒。她撐起身子，覺得渾身無力，像是大病了一場似的，只能勉強開口道：「我想喝點水。」

「小姐您坐好，奴婢去倒。」邊上的人扶著她坐好，起身倒了杯水過來，又小心地餵她喝。

夏瑤有些尷尬，抬手想要拿過杯子。「我自己來吧。」

「小姐您別把杯子打翻了，奴婢幫您扶著吧。」那聲音說道：「您別緊張，聽說王爺人很好，不會因為您身子較弱就嫌棄您的。」

身子較弱？夏瑤動了動自己的手臂，那種無力感又來了——這哪是什麼身子較弱，根本是洞房花燭夜還沒到就香消玉殞了啊！要不是自己穿過來了，這情景簡直稱得上是人間慘案。

夏瑤喝了兩口水，覺得舒服了一些，問道：「什麼時候了？王爺還要多久才會過來？」

「應該是快來了，小姐身體不好，喜宴不會太久的。」陪著她的丫鬟說道。

夏瑤點了點頭，心想穿越前還只是跟人相親，這會兒直接面臨洞房花燭夜，還有比她更慘的人嗎？喔對了，她剛剛烤好的披薩吐司還沒來得及嚐一口，那上面還有鮭魚肉啊！

如今再後悔也晚了，夏瑤安靜地坐著思考了一會兒人生，大約過了一刻鐘，外面突然有了動靜，隨後聽到有人推開門，一個尖銳的聲音喊道：「新郎官來了！」

雖然半路上演了這段奇怪的劇情，夏瑤也不知道目前情況如何，但她還是打算好好扮演自己現在的角色，等撐過眼下這段，再慢慢打聽情況。

她微微直起身，打算看看這身體的夫君是什麼人，畢竟不出意外的話，這將是她未來的丈夫。

「王爺，這邊。」有人小聲說道。

隨著腳步聲輕輕靠近，夏瑤頭上的紅蓋頭被人掀了起來。

夏瑤身體不好，陪著她的那個丫鬟並未離開，而是在旁邊站著；掀起她蓋頭的那人一身紅衣，身邊也站了個侍衛打扮的人……理應溫情脈脈的洞房花燭夜，一時之間竟是有些不倫不類。

「時候不早了，妳早些休息吧。」王爺開口道。

聲音倒是挺好聽的，可惜房間裡太暗了，他又站著，夏瑤看不太清楚他的臉，只覺得年紀應該不大。

「有什麼事和家裡的下人說，我已經囑咐過他們好好照顧妳，不用過於拘束，自在些就行。」

從這些話聽來，這位王爺脾氣倒是真的很好，夏瑤心想，就是場面有點尷尬，他身邊那個侍衛怎麼還不離開呢？

王爺接著說道：「妳今天也累了，我就先走了，讓晚秋服侍妳休息吧。」

夏瑤頓時愣住了，隨後就看見王爺伸出一隻手，由那侍衛帶著他離開，出房門的時候，夏瑤隱約聽到侍衛說了一句。「王爺，這裡有臺階。」

行吧，這王爺是什麼情況就不用問了——他看不見。

這小夫妻倆，一個是苟延殘喘地活著，一個則是目不能視，這什麼古早苦情劇套路啊?!

說真的，這副身體狀況實在是很差，不過坐了片刻，夏瑤便已經有些支撐不住，待被那名叫晚秋的丫鬟服侍著卸妝睡下，原本想要理一理思路的夏瑤瞬間進入了夢鄉。

一片白霧。

夏瑤茫然地在白霧中試探地走著，幾步之後，眼前豁然開朗，不遠處擺著桌椅，一個穿著淺青色衣衫的年輕女子坐在桌前，抬頭看見她，便笑道：「來了？坐吧。」

反正是作夢，過去就過去，夏瑤走到女子對面坐下，才突然驚覺為什麼自己會知道現在是在作夢?!

「夏小姐，」女子溫和道：「我等妳十六年了。」

「妳在等我嗎？」夏瑤指了指自己的鼻子。「可我不認識妳啊。」

「我是之前在這軀體中的靈魂。」女子說道：「如今妳回來了，我總算完成任務，可以離開了。」

「這軀體……是說我穿越過來住進的這副身體？」夏瑤略微思索了一下，說道：「妳不會是要說，這軀體中的靈魂本該是我吧？」

「夏小姐很聰明，的確應該是妳，」女子微微頷首道：「只是出了一點問題。這軀體出生的時候失了魂魄，所以我不得不頂替妳支撐這軀體活了十六年，因為靈魂與身體不契合，所以看起來一直像是重病之人。」

「可我明明就在現代生活二十多年了，又怎麼會是這裡的人？」夏瑤皺眉問道。

「二十多年？難怪……」女子恍然大悟，隨即問道：「妳在這二十幾年中過得如何？」

夏瑤回想了一下自己的人生：父母早亡，生活勞碌，其餘親人又待她刻薄。她搖了搖頭道：「不怎麼樣。」

「這便對了，那本不該是妳的人生。」女子笑道：「如今妳回來了，這身體會逐漸恢復健康，餘下的人生就是妳自己的了。」

看著夏瑤低頭沈思，女子道：「我知道妳一時不能接受，但……」

她話未說完，夏瑤便抬起頭一派輕鬆地說：「這有什麼不能接受的？我之前過得的確不愉快，親人也討厭我，本以為自己就那麼死了，結果卻換了個地方繼續活著，還是個王妃，就算這一世依舊糟糕，也比上一世好。」

「不會糟糕的。」女子笑起來，說道：「夏小姐的父母身體健康，對女兒也極為寵愛，這身軀雖然從小體弱，但是從未比別家孩子少過什麼，反倒因為病弱，是家中最受照顧的，妳還有個哥哥，對妹妹也是相當維護，所以妳盡可放心。」

夏瑤點點頭，心中有了底，又問道：「我身體這麼差，怎麼會嫁給王爺？王爺是天生看不見嗎？」

女子搖搖頭說：「王爺是在前幾年先皇去世時，因為爭奪皇位一事遭前太子所害。王爺是先皇的第五子，自幼聰慧過人，向來有『驚才絕豔』之稱，成年後受封為『瑞王』，然而鋒芒過於外露，被當時的太子視為眼中釘，誤以為他是自己爭奪皇位的最大阻礙，設計毒害他，幸虧當今陛下及時趕到，救回了性命，卻就此失明。」

「可憐……」夏瑤想到自己，不由得和這位王爺同病相憐起來。「兄弟姊妹之間，下手往往比外人更狠毒。」

「倒也不能一概而論。」女子接著說道：「當今陛下是王爺一母同胞的哥哥，王爺失明後他一直尋求名醫為他治療，卻沒有一人能治好，直到有位道長為王爺算命，說他和丞相之女夏瑤該有一段姻緣，對兩人都有助益。恰好丞相也愛女如命，君臣一商量，都覺得此事再合適不過，就將妳嫁給王爺做王妃。」

原來這門親事是為了替她保命……夏瑤心中頓時不那麼膈應了，理解了這副身體的父母為何要這麼做。

只是，江湖術士隨便說一句話就信了，這位陛下和丞相未免草率了點吧？

「哪裡草率了，妳這不就來了嗎？」彷彿看穿了夏瑤的想法，女子笑道：「而且身體也的確會變好，那人並未說錯。」

夏瑤一愣後問道：「妳是說……他能算到這點？」

女子微微歪了歪頭，笑容狡黠，只回道：「我什麼都不知道喔。」

夏瑤雖然年紀不大，但前世的自己也做出了點事業，腦子並不笨，看她的樣子就知道這方面問不出別的來了，乾脆轉移話題。

「王爺是個什麼樣的人？好相處嗎？」夏瑤問了最關鍵的問題，畢竟這是她以後要一起過日子的人。

「如我方才所說，王爺是個極有才華的人，不然不會被前太子盯上，丞相也說這位王爺雖然有些恃才傲物，但本性善良，因此放心將妳嫁給他，畢竟你們的婚姻主要是為了改善雙方的身體，剩餘條件倒是其次，只是王爺失明之後就極少出現在眾人面前，如今如何我也不清楚狀況。」

夏瑤點了點頭，又問道：「陛下和王爺叫什麼名字？」

「陛下名叫沈澈，王爺名叫沈世安，妳所在的國家名為勵國。」女子說道：「不知道妳有沒有聽過？」

夏瑤在自己不算豐沛的歷史知識資料庫中搜索了一番，確定從沒聽過這個國家和皇帝的名字，搖搖頭道：「完全沒有，應該不是我前世知道的那個世界。」

「無妨，總之妳對自己目前的情況了解得也差不多了，我趕時間，這就送妳出去，有事可以問晚秋，她是從小就跟在夏瑤身邊的，對妳最為忠心。」女子說完，起身消失在虛空中。

「誒，等等，我還沒問完呢！」夏瑤跳起來想拉住她，可已經來不及了，周圍的景色漸漸暗了下來，似乎將要退出夢境。

她搖搖頭，放棄道：「罷了，走一步算一步吧。」

和那女子聊了一夜，夏瑤睡得不是很好，起床的時候顯得有些疲憊，晚秋心疼道：「小……王妃這幾日辛苦了，只是今天要去宮裡，只能先起床，等一下在馬車上再睡一會兒吧。」

比起昨天手腳都帶不動的狀態，其實夏瑤今天起來時已感到身體輕快許多，看來那個女子說的確實是真的。

夏瑤看向身邊為自己穿衣服的姑娘，對方有一張極和善的圓臉，年紀看起來比她要大一些，笑起來甜甜的，倒有幾分像她前世的好友，她心裡不由得對她親近了幾分。

坐到鏡子前，夏瑤總算看清了自己的長相——一雙眼睛黑白分明，煞是靈動；一張鵝蛋臉，雙頰還有未褪去的嬰兒肥，看起來很是甜美。這模樣跟前世十六歲時的自己極為相像，不過眉宇間少了些憂愁，多了幾分天真和稚氣。

也是，前世的她十歲就失去雙親，而這個夏瑤，一直是在全家的寵愛中長大的，神情自然有差別。

因為要進宮，梳妝的程序就比較繁雜，夏瑤坐得昏昏欲睡，又不敢太多嘴露出破綻，忐忑間，不由得懷念起自己的手機，想到從此以後再也不能玩手機了，她簡直心痛到想哭。

換好衣服準備出門時，外面有人通報道：「王妃，王爺來了。」

昨天沒有看清楚，今天可得好好瞧瞧才行，夏瑤激動地轉過頭看向門口——

沒有任何人扶著王爺，只見一個穿著月白色廣袖長袍、頭戴玉冠的高挑人影慢慢走了進來。

外面陽光正好，夏瑤被晃得瞇了瞇眼睛，才看清楚他的樣子。

那一瞬間，饒是前世見過不少明星的夏瑤，一時之間也有些恍了神，不由得想起一句歌詞，用在這位年輕王爺身上極為貼切——

除卻君身三重雪，天下誰人配白衣。

「王妃……王妃！」晚秋見她半天不動，也不說話，急得用手肘頂了她一下道：

「您怎麼還坐著？」

喔對，她得見禮……怎麼行禮來著？昨天忘了問那女子。夏瑤有些遲緩地起身，心想反正王爺看不見，便按照想像中的樣子行了個禮道：「王爺。」

沈世安聽到她的聲音，微微偏了一下頭，把臉轉過來道：「王妃不必多禮。」

真的好好看！夏瑤心中的小人激動地直跺腳，吶喊著：我可以！

見侍衛沒有來，夏瑤乘機大著膽子走到沈世安身邊，試探地扶住他的手臂道：「王爺，我們現在就動身嗎？」

沈世安的身體因為她突如其來的碰觸，稍微僵滯了一下，然而他很快便放鬆下來，點點頭道：「妳好了我們就走吧，皇兄日理萬機，等不了太久。」

第二章 入宮面聖

沈世安個子很高，夏瑤站在旁邊，足足比他矮了一個頭，得仰著脖子看他……夏瑤暗自鼓勵自己，她才十六歲，過去身體也一直不好，只要多吃、多運動，一定可以再長高的。

跟著沈世安走出院子，夏瑤就看見馬車停在外面，馬車旁待命的侍衛見他們出來，上前想要扶沈世安，被他擺擺手拒絕了，接著介紹道：「王妃，這是我的侍衛飛星。」

飛星立即單膝下跪向夏瑤行禮，口中道：「飛星見過王妃。」

夏瑤在現代活了二十多年，從沒被人跪過，要不是有心理準備，差點就拖著病體原地起跳了，她趕緊伸手在自己身上摸了一通……噢，她沒有口袋。

晚秋立刻上前一步道：「王妃，您找什麼？」

夏瑤指了指飛星，說：「我應該給他一個紅包嗎？」

晚秋一臉的不明所以，沈世安在一旁忍笑道：「不用給他，倒是今天進宮時若遇到宮女跟太監可以給，我已經備好了。」

夏瑤剛一出場就丟了臉，有點不好意思地沈默下來，扶著沈世安走到馬車前，隨即發起愁來。她這身體確實孱弱，即使踩著小凳子上去也頗為吃力，不知道以往是怎麼上馬車的。

尚在思索時，夏瑤發現沈世安一隻手扶著她的腰背，另一隻手在她手肘上一托，瞬間只覺得身體徒然一輕，下一刻就順順當當地站到馬車上。

夏瑤扶著馬車往後看了看，見沈世安也準備上來，連忙躬身進入車裡。

車廂空間還挺大的，除了鋪了軟墊的長椅之外，還有張放著茶水與點心的小桌子。夏瑤想了想，男左女右，便往右側坐下了。

剛剛坐下，馬車簾子一掀，沈世安也進來了，果然坐在左側，看他的動作毫不遲疑，這應該是他坐慣了的地方。

「早上時間匆忙，還沒吃東西吧？」沈世安說道：「桌上的點心和茶水先將就用一些，中午就能吃飯了。」

夏瑤的確有些餓了，馬車正在往前走，但一點也不顛簸，她便放心地從桌上的碟子裡拿了一塊圓形、看起來頗為精緻的點心咬了一口，隨即愣住了。

這點心又硬又乾，好不容易咬下來，卻是嚼了半天也嚥不下去。夏瑤趕緊喝了一口茶水順下嘴裡的點心，然後乖巧地把剩餘的放下，再也不敢吃了。

「不合口味？」察覺她沒有繼續吃，沈世安問道。

「不是，我不太餓。」夏瑤不好意思吐槽，趕緊掩飾道。

「沒關係，我也不喜歡，實在餓了才會吃。」沈世安說道：「宮裡的味道會好一些，等會兒去那邊吃吧。」

夏瑤「嗯」了一聲，又喝了一口茶。雖然點心不好吃，茶倒是頗好喝的。

馬車漸漸駛出王府，到了街上人比較多的地方。夏瑤往外看了看，發現還挺熱鬧的，隨處可見挑著擔子的小販，路邊還有小吃攤和茶館。再往前，到了有些像商業街的地方，邊上有不少鋪子，賣布的、用餐的、賣雜貨的，還有書店，一路上就像在逛人文博物館一樣，看得夏瑤興致盎然。

又走了一會兒，大概是進入皇宮的範圍了，人漸漸變少，夏瑤見沒什麼可看，這才放下簾子，回頭打量起自己新晉的夫君。

沈世安是真的好看，世人常說「美人在骨不在皮」，他應該是骨相極好的那種，眉眼精緻、鼻梁高挺、下頜線條堪稱完美，脖頸修長、個子又高……仗著他看不見，夏瑤認認真真將他打量個夠，覺得自己這便宜真是撿大了。

她在這裡瞧得一聲不吭，沈世安卻誤以為她是因為進宮而緊張，安慰道：「妳別害怕，皇兄性子向來最為溫和，即使妳說錯話，他也不會怪罪妳的。」

夏瑤還在偏著頭研究沈世安的頭髮是怎麼被一個玉冠固定住的，聽他開口說話，愣了一下才回道：「沒有，我不害怕。」

沈世安只當夏瑤嘴硬，朝她伸出一隻手，她馬上握住，低頭瞧了瞧，只覺得他連手指都比旁人修長好看幾分。

「雖然我們成親並非因為相識相知，而是皇兄和妳父親安排的，但妳盡可放心，我既然做了妳的夫君，以後無論有什麼事，都有我擔著，妳誰都不用怕。」

其實夏瑤確實不怕，只要她的身體狀況變好，就可以證明那個道長說得沒錯，只要她能為王爺帶來轉機，陛下喜歡她還來不及呢，怎麼會責罰她？只是她現在的人設是個久居家中的小姑娘，沒見過世面，第一次面聖肯定會有些害怕……

夏瑤看了看他們兩個握在一起的手，順理成章地貼到沈世安身邊道：「有王爺在，我就不怕啦！」

沈世安心想：這……好像哪裡不太對啊，自己剛娶的小王妃，是不是有些過於黏人了？

馬車進宮以後又走了一段路，直到實在不能再往前時才停了下來。

夏瑤被沈世安扶著下了車，抬頭看向眼前巍峨的宮殿，總有種不真實的虛幻感。昨天她還在和好友吐槽跟她相親的禿頭小老闆，今天就要見一國之君了？

她站在那裡感慨，又被沈世安誤解成了緊張，伸出手道：「走吧，王妃。」

夏瑤立即顧不得感慨了，美滋滋地握住沈世安的手，跟著他往殿內走去。

不得不說這身體是真的差，走了幾級臺階，夏瑤就氣喘吁吁起來，沈世安聽見她急促的呼吸聲，停下步伐對引路的太監道：「曹公公，去幫王妃找個步輦來。」

「不用不用！」夏瑤趕緊擺手道，上個樓梯還要人抬，也太丟臉了，只道：「我走得動，慢慢走就行了。」

好不容易走到上面，夏瑤扶著沈世安的手喘勻了氣，才進入宮殿中。

接見他們的地點，自然是在皇后宮中。夏瑤進門時匆匆掃了一眼，只覺得正中座位上的帝后年紀都不特別大，陛下的臉和沈世安有幾分相似，但沒有他那麼好看；皇后則是溫柔端莊，長相很大氣。

兩個人看起來都很面善，夏瑤跟著沈世安行過了禮，陛下便立即說道：「快坐下吧，路上辛苦了。」

其實沒什麼辛苦的，就是臺階爬起來費力……夏瑤心裡想著，隨沈世安坐到旁邊的椅子上。

「皇兄，有吃的嗎？王妃餓了。」剛坐下，沈世安就開口問道。

「王妃餓了？是你餓了吧？你哪次來不是騙吃騙喝！」沈澈嘴裡雖這麼說，卻一臉笑意地朝著下面招了招手道：「去拿王爺最愛的點心來。王妃愛吃什麼？喜歡甜的還是鹹的？要牛奶嗎？都拿一些來吧。」

夏瑤愣在座位上，看著宮裡的人如流水般呈上一盤又一盤吃的，不禁有些茫然——自己是在皇宮還是來了飯館？

「我說過，皇兄人很好的，」沈世安小聲道：「妳愛吃什麼隨便拿就是了。」

這陛下也未免太好了些……夏瑤覺得自己彷彿回到幼年跟著媽媽去外婆家的時候，大家恨不得把東西都拿來給她吃，吃飽了還要他們帶一點走。

「王爺喜歡吃哪個？」見沈世安沒動，夏瑤問道。

「牛奶餅。」沈世安答道。

點心上都印了紅字，很好分辨。夏瑤朝盤子裡看了看，便找到一疊白色的小餅，上面印了「牛奶」兩字。

「這個。」夏瑤取了一塊牛奶餅，拉過沈世安的手，把餅放到他手裡道：「王爺也沒用早膳吧？」

沈世安對她的舉動有些驚訝，但還是接過了餅咬了一口，夏瑤也自然地拿了一塊牛奶餅吃起來。

這餅比路上吃的美味多了，入口綿軟、奶香濃郁，雖然比不上夏瑤前世吃過的點心，但也不錯了。其實夏瑤手藝很不錯，如果有合適的食材，說不定能做出比這更好的點心來。

想著想著，夏瑤很快就吃完一塊牛奶餅，對沈世安小聲道：「果然是這裡的比較好吃。」

沈世安點點頭，轉向沈澈說道：「皇兄，王妃喜歡這裡的點心，要不你把廚子賞給我吧。」

夏瑤嚇了一跳，怎麼能一句話就讓人降職呢？在宮裡和在王府裡能一樣嗎？這王爺不像霸道總裁，倒像是被寵壞的小朋友似的，她趕緊衝著沈澈搖頭擺手道：「不用不用，嚐過就行了。」

沈澈自然不會隨意給人，還被沈世安氣笑了，道：「你這廚子向朕要了多少回了，以為這回拉上王妃當藉口，朕就能給你？要吃的話，你們以後多進宮不就行了！」

沈世安小聲嘀咕了一句，夏瑤離得近，才聽清楚他說的是「倒也不是很想回來見你」。

夏瑤心想：這時候要是笑出來，不知道陛下還會不會那麼好脾氣?!

陛下和王爺之間的相處完全不像夏瑤想像中那般嚴肅，她在一旁瞧得歡樂，不知不覺間吃餅吃到飽了。

幾個人聊了一會兒，有太監進來和沈澈說了幾句話，沈澈點點頭，隨後笑著轉向夏瑤，說：「有人等不及要來見王妃了。」

「見我？」夏瑤頓時愣住了，接著坐立不安起來。她可誰都不認識啊，不會要露餡了吧?!

「這就來了啊？這老東西，跑得還挺快。」沈澈抬頭看向門口。

他話音剛落，一個穿著深藍色官服、約莫五十歲的中年男人從外面快步走進來，向陛下和皇后行了禮。

自從他一進門，夏瑤就瞪大眼睛直愣愣地盯著他的臉。她不會看錯的，這個人的相貌跟她前世的父親簡直一模一樣，只是比父親去世時年長許多，臉上多了幾條皺紋罷了。

待那男人行完禮，轉過頭笑著對她喊了一聲「瑤瑤」時，夏瑤再也忍不住，猛地撲進他懷裡哭了起來。

「唉唷，乖囡囡。」夏丞相被她嚇了一跳，手忙腳亂地拍著她的背說：「這是怎麼了？有人欺負妳了？別哭別哭。」

夏瑤哭得傷心，卻還是記得自己穿越了，遂抱著夏丞相哭道：「爹爹我好想您，還有娘親……」

聽她這麼說，夏丞相才放下心來，邊拍著她的背安撫，邊對沈澈道：「陛下見笑了，小女出生至今，還是第一次離開家裡……好啦，別哭了，再過兩天不是就能回門了嘛。」

夏瑤擦擦眼淚抽噎了一下，心想丞相夫人的長相應該就跟她前世的母親一樣了。一想到在現代和父母十多年無法相見，再度於此處相會卻不能住在一起，一時之間覺得沈世安不那麼好看、也不那麼吸引人了。

「相爺，你剛剛說來找朕有什麼急事？」見夏瑤情緒平穩下來，沈澈挑眉問道。

「喔……」夏丞相思考了一下才想起這事，說道：「臣來問問陛下今年去不去避暑山莊、什麼時候去。」

沈澈一臉無語地看著他，說：「去避暑？如今才剛剛過了冬天，相爺操心得未免太早了吧？」

夏丞相臉皮很厚，面不改色地摸了摸自己的鬍子道：「陛下早些定下，臣才好著手安排其他事務啊。」

皇后在一旁忍不住笑道：「陛下，丞相大人愛女心切，您就別怪他了。」

沈澈嘲笑道：「還說你女兒呢，我看你這老頭兒昨天也一晚上沒睡好吧？」

夏丞相毫不示弱地反駁。「難道陛下您昨晚就睡好了？」

因為弟弟第一次離宮自己住，又擔心他和新王妃處不好而糾結了一夜的沈澈頓時噎得說不出話來。

弟控與女兒控像是兩隻鬥雞似的互瞪了半晌，還是沈世安受不了這尷尬的氛圍，率先開口道：「我們該去太后那兒了。」

這話總算給了人臺階下，沈澈擺擺手道：「去吧，去完了以後回來，今天就在皇后這裡用膳。」

去見太后，夏丞相當然不好跟著，夏瑤扶著沈世安的手下了階梯，坐上宮人們抬來的步輦。

沈澈和沈世安的生母早亡，兩個人是分別讓不同的妃子養大的，太后是沈澈的養母，和沈世安並不熟，公式化地問了幾句後，她便說道：「行了，你們去淑太妃那裡吧。」

淑太妃是沈世安的養母，看起來很溫柔，見他們來了就笑道：「你們先喝點茶，長公主遞了信來，說今天要來見見瑞王妃呢。」

沈世安很明顯地緊張起來，問道：「皇姊要來？」

自從進了宮，沈世安就一副「我的地盤我最大」的樣子，這會兒突然變得緊繃，倒是讓夏瑤對這個長公主充滿了好奇。

坐了片刻，外面就有人通報長公主來了。夏瑤看向門外，只見一個穿著一身紅色騎裝、正在收馬鞭的年輕女子快步走了進來，邊走邊揮手道：「行了，不用通報了。」

夏瑤一眼就喜歡上了這個俐落又瀟灑的姊姊，起身要向她見禮。

「不用不用，沒有這麼多規矩。」長公主沈玉按下她，道：「坐著吧，不是說身體不好嗎？」

夏瑤忍不住瞧向沈世安——雖然他坐著沒動，但她就是看得出來，他的肢體動作比在皇后宮殿裡時要規矩多了。

沈玉轉過身，像疼愛什麼小動物似的摸了摸他的頭道：「世安成了親，倒是看著穩重些了。」

「得了吧。」看起來溫柔嫻靜的淑太妃毫不留情地揭短道：「他見妳的時候哪次不穩重？」

夏瑤看著沈世安一臉憋屈，一個沒忍住，「噗」地笑了出來，隨即捂住嘴。

「讓瑞王妃見笑了。」淑太妃對夏瑤說道：「世安從小就是長公主帶大的，我這個養母倒是沒出多少力。」

「我們該走了。」沈世安似乎不想繼續待下去，說道：「皇兄讓我去他那裡用午膳。」

「要去皇兄那裡？我和你們一塊兒去吧。」沈玉將馬鞭別到腰間。

沈世安頓了一下，有些不情願地說：「皇兄是請我和王妃用膳，妳為什麼要去？」

「怎麼了，皇兄也沒說我不能去啊！」沈玉笑著問夏瑤。「小王妃，我能去嗎？」

夏瑤自然不會反駁她，猜想陛下也不會介意，便乖巧地點點頭說：「長公主想去就能去。」

「看我們小王妃多懂事。」沈玉親暱地捏了捏夏瑤軟乎乎的臉頰說：「還是女孩子可愛，小五小時候來我們這裡的時候，長得可漂亮了，我還以為是個小妹妹，歡喜了好幾天呢，真是可惜。」

沈世安「哼」了一聲，夏瑤看他好像真的有些不開心了，忙過去拉著他的手臂岔開話題。「王爺我們快去吧，我餓了。」

「妳不是剛剛吃了餅？」沈世安回道。

真是不上道，我這還不是為了給你解圍！夏瑤在心裡吐槽，嘴上卻說：「我餓得快，還在長身體呢。」

此話一出，淑太妃忍不住笑著說：「那就快去吧，別耽誤了瑞王妃長身體，這可是大事。」

「你們先走吧，我騎馬比較快。」沈玉說道：「我還有幾句話要和太妃說。」

看著沈世安與夏瑤離開，沈玉坐到淑太妃身邊，笑道：「雖說這兩個孩子成親的初衷是為了救命，不過看樣子倒是挺合適的。」

淑太妃點點頭說：「是啊，原以為瑞王妃過去久居家中，會是個沈默寡言的性子，如今看來倒還挺活潑。」

沈玉說道：「世安自從失明之後，整個人消沈了許多，今天看來倒是有幾分原來的樣子了，且不說是不是真的能讓他復明，就算不能恢復，能讓他別再鬱悶下去，這門親事也是結對了。」

「希望那道長的話是真的吧。」淑太妃嘆了口氣道：「聽陛下說，瑞王妃這身子若是不能好轉，怕是活不過二十歲。難怪夏丞相肯孤注一擲，這孩子真是看著就招人疼……」

第三章　後院尋寶

宮中的餐點味道確實不錯，夏瑤一頓飯吃得心滿意足，不過她畢竟身體不好，吃過飯就開始犯睏。沈世安雖然看不見，聽力卻不錯，察覺她偷偷打了好幾個呵欠，便說要回去了。

皇后也看得出夏瑤一臉疲倦，溫柔道：「快回去吧，一大早就出門，你們也累壞了，以後有空就常進宮來玩，不用拘束。」

夏瑤睏得眼皮直往下掉，跟著沈世安迷迷糊糊行了個禮就離開，一上馬車就睡著了，等她再度醒來，已經回到自己在王府的床上。

她茫然地從床上坐起來揉了揉眼睛，感覺比之前又多了些力氣——身體果然持續好轉中。

晚秋就在外面候著，聽見動靜立即進來，心疼道：「王妃今天累壞了吧，您午覺還從沒睡過這麼久呢。」

「上午有些累，現在好多了。」夏瑤被扶著站起來，說道：「我是怎麼回來的？記得剛剛我還在馬車上呢。」

晚秋笑道：「是王爺把您抱回來的。王爺對您真好，相爺和夫人可以放心了。」

聽說是沈世安把自己抱回來的，夏瑤瞬間有一種欺負弱小的心虛感。讓一個什麼都看不見的人把自己抱進屋子，還要放到床上，也太為難人了。

「怎麼不叫醒我？」夏瑤埋怨道。

「王爺說您實在太累了，不讓我們叫您。」晚秋說道。

看著晚秋，夏瑤一瞬間彷彿在她臉上看到了慈祥的光芒，不由得有些無奈。自己身邊的人，似乎都有保護過度的毛病。

「幾……什麼時辰了？」夏瑤看了看窗外問道。

「申時了。」晚秋說道：「王妃想吃點什麼東西嗎？」

子丑寅卯辰巳午未申酉戌亥……夏瑤在心裡默默數了一遍，喔，下午三點多了。幸虧大學時為了炫耀，汲取了一堆奇奇怪怪的小常識，沒想到還真有派上用場的一天。

「不吃了，中午吃得多，現在還有點兒撐。」夏瑤說道：「我們去外面逛逛吧，我還不知道王府是什麼樣子呢。」

她說要逛，晚秋當然不會反對，只是如今是初春，外面還有些冷，晚秋硬是在她手裡塞了個暖手的香囊。

「王妃稍等一下，奴婢叫上小環一起，王府裡的路奴婢還認不全呢。」晚秋說著朝外面喊了一聲，一個年紀看起來比夏瑤小一點的姑娘便走了進來。

小環是沈世安特地安排的侍女，相比晚秋，她對王府更熟悉。聽夏瑤說要逛逛，小環眨了眨眼睛，有些為難地說：「奴婢幫您找個步輦來吧，王府大得很，要逛的話會有些累人。」

在自己家裡逛逛還要步輦？這是什麼炫富發言！夏瑤擺擺手道：「隨意逛逛就行，走不動我們就回來，不用今天全看完。」

聽她這麼說，小環笑道：「王妃若是要散心的話，要不要去後花園逛逛？如今正是春天，花園裡可好看呢。」

這裡居然有後花園？夏瑤驚訝過後心裡有些小得意，現在這可是她家啊，她瀟灑地一揮手道：「好，就去後花園！」

說要去後花園，三個人倒是在院子裡逛就花了不少時間。夏瑤早上出門時沒來得及細看，這回出來才知道，原來她的院子就是一方小天地。

除去她和丫鬟們住的地方，院子裡有個單獨的小廚房，夏瑤進去逛了逛，發現東西挺齊全的，但是並沒有動用過的痕跡。

「府裡就您和王爺兩個主子，所以只有王爺的廚子做飯，我們這邊暫時還用不上，若是王妃有什麼想吃的，直接吩咐大廚房就好。」小環說道。

夏瑤點點頭，暗暗想著還是跟人要點材料來自己做好了，就早上那個點心的水準，她實在不怎麼期待王府的飯食。

院子裡還有一個木鞦韆和一副石桌、石凳，夏天用來乘涼應該是挺舒服的，不過現在這個季節……夏瑤剛上手摸了摸石桌，就被晚秋立即拉回了手道：「王妃可不能坐，這太涼了！」

夏瑤心想：這關愛實在來得太多，她承受不住啊。

她的院子與沈世安的院子相鄰，那邊是王府的主院，按理說他們應該住在一起的，但是夏瑤身體不好，又還年幼，因此目前還是分開住。這樣倒是避免了一些尷尬，畢竟兩個人成親之前並未見過面，夏瑤覺得這個安排挺合理的。

夏瑤在沈世安的院子門口稍稍張望了一下就準備離開，小環卻熱情地問道：「王妃要進去看看嗎？」

「不用了，也沒提前說。」夏瑤趕緊搖頭。

「您去王爺院子哪需要提前說，當然是什麼時候都可以啊。」小環一副理所當然的模樣，帶著她就往裡面走。

門口的小廝見到夏瑤，規規矩矩地行禮，說王爺現在不在。

「沒事，我不是來找他的。」夏瑤說道。不在正好，她逛起來比較沒心理壓力。

沈世安的院子比她的要大一些，多了一間兩層樓的書房，院子角落還有一片竹林，看起來很風雅，不過夏瑤對他「看不見要怎麼讀書」這件事有些疑惑。

「王爺從前過目不忘，如今若有需要處理的事務，會讓飛星大哥讀給他聽，其餘必要的知識大都記在他腦子裡了。」小環說道，語氣裡有幾分驕傲。「王爺即使看不見了，也比別人強上許多。」

古代不比現代資訊爆炸，讀書人幾代都在學相同的東西，這麼說來確實是夠用了……夏瑤點點頭表示了解，在腦裡的沈世安個人簡介上添了一條「聰慧過人」。

沈世安的院子裡，像是庫房、大廚房之類雜七雜八的地方，夏瑤並不是很感興趣，大致上逛過以後，三個人便去了小環說的後花園。

一進後花園，夏瑤就沒見識地張大了嘴巴。這是後花園？應該是公園吧？還不是那種小小的都市公園，而是正經的園林式庭院，亭臺樓閣、水榭長廊……

逛過竹林和荷花池之後，夏瑤一頭鑽進了桃花林的涼亭——她走不動了。

「王妃的身子似乎好轉了呢！」晚秋有些驚喜地說：「以往您走這一半的路程就要休息了。」

夏瑤心虛地摸了摸胸口說：「我這兩天的確覺得身體鬆快了一些，不過還是容易累。」

「已經好很多了。」晚秋高興地雙手合十拜了拜，說：「道長的話果然是真的，相爺和夫人若是知道，可要高興壞了。」

「那是什麼？」夏瑤接不住她的話，隨意轉了轉腦袋，看向旁邊一個院子。

「是種植園，種的都是現在不常見的花草，王爺從前就愛弄這些東西回來，都種了好多年了。」小環說道。

夏瑤頓時來了興趣。「我可以去看看嗎？」

小環笑道：「王妃，王爺早就交代過了，王府裡所有的地方您都可以隨意進出。」

聽她這麼一說，夏瑤也不覺得累了，迫不及待地進了種植園。

一進園子夏瑤就愣住了，這個種植園的結構倒是有幾分像夏瑤前世學校的培育基地，分區種了不同的東西，植物旁還豎著標上名稱和來源的小木牌，看起來頗為專業，夏瑤一眼就被檸檬樹吸引了目光。

現在還不是檸檬結果實的季節，但是夏瑤對檸檬葉和花的模樣還是熟悉的，她走過去看了看，問道：「這樹結過果子了吧？」

園中的花匠都在，聽她問話，主管種植園的李師傅忙回答道：「去年就結過了，只是這果子成熟後依舊酸澀，難以入口，香味倒是好聞，也不容易腐壞，如今都存放在庫中呢。」

真是暴殄天物啊，要知道有了檸檬，有多少西點可以做嗎?!夏瑤想了想，說道：「若是放著沒用的話，等會兒送一籃到我那裡吧，我有用。」

李師傅立即應下了，又說道：「王妃再看看，還有什麼想要的盡可以說，稍後小的讓人一起送到王妃院子裡。」

這種植園不愧是沈世安搜羅多年的心血，除了一些夏瑤不太認識的花草，其餘大多是前世才能見到的蔬菜跟水果，像是辣椒、地瓜、番茄、西瓜，以及這裡不常用的香料。

「這些都是各地商人帶回來的，他們也不知道有什麼用，但是王爺給的賞錢很多，大家都願意送來。」李師傅說道。

夏瑤看了看剛剛長出來不久的地瓜和番茄，點點頭說：「都有用，有大用。」

「王妃認識這些作物？」有人在後面問道。夏瑤一回頭，就見飛星扶著沈世安從門口走了進來。

夏瑤走過去從飛星手中接過攙扶沈世安的工作，想了想，說道：「我說在夢裡見過，王爺信不信？」

沈世安笑道：「王妃若能說出這些是什麼，我便信妳。」

夏瑤扶著他蹲在剛剛長出些嫩葉的地瓜藤前說：「這是地瓜，結出的果子……或者說應該是塊莖，生長在地底下，少則四、五個，多則七、八個，煮熟後軟綿香甜，可以當作主食。」

沈世安轉頭問李師傅。「是你告訴王妃的？」

李師傅趕緊否認。「王妃才剛來，小的還未來得及介紹呢。」

「我說了在夢裡見過嘛。」夏瑤說道：「我還知道這番茄結出的果子是紅色的，吃起來酸甜可口，可以當水果，也可以入菜。」

這些番茄去年夏天結了果，因為難以保存，已經沒有了，夏瑤更不可能知道。沈世安思考了片刻，釋然地笑道：「行吧，王妃說是夢裡，那便是在夢裡見過。」

夏瑤歪了歪頭說：「你不害怕嗎？我明明是不該見過這些東西的。」

沈世安好脾氣地笑著說：「莫非妳其實是個妖精，要來害我？」

夏瑤先是一噎，接著搖頭「嘖」了一聲，道：「想不到王爺還是志怪小說愛好者。」

這話題在兩人插科打諢中過去了，天色轉暗，該回院子了，臨走前夏瑤向李師傅要了些去年存著的地瓜，想看看和現代的有什麼差別。

王府的飯食果然難吃。夏瑤把面前的每道菜都嚐了一口，然後深深嘆了口氣。

沈世安聽著一旁的動靜，問道：「怎麼了？王妃不愛吃？」

夏瑤放下筷子說：「我在為這些餐具感到傷心。」

見沈世安滿臉問號，夏瑤解釋。「這麼精緻漂亮的餐具，卻用來放這麼難吃的食物，如果這碟子能說話，第一句話一定是『我裂開了』。」

沈世安一愣，隨即用拳頭抵著嘴唇悶笑了一會兒才道：「只是比不上宮裡，倒也沒有這麼難吃吧？」

「可我原來還是有點期待的。」夏瑤失望道。雖說點心難吃，但是看到種植園以後，她終究是多了些盼望，誰知……

這些菜要說難以入口，倒也不至於，但也只能說可以果腹。就說這糖醋魚吧，醬料有些發苦也就罷了，還不入味，魚肉一挑開，裡面白生生的，甚至有腥氣，對夏瑤這種除了學習、工作就是吃的人來說，著實有些難以忍受。

「王府中的廚子雖然比不上宮裡的御廚，但已經是拔尖的了。」沈世安說道：「莫非丞相府中的廚子格外好？」

夏瑤差點被問住，幸虧她反應快，稍微頓了一下後便說：「倒也不是，就是中午在宮裡吃的味道很好，所以不由得對王府的廚子多了一點不該有的期盼。」

晚秋在一旁說道：「王妃在相府時不太和大家一起用餐，因為身體不好，飯食都是單獨做的，以清淡好消化為主，大概是第一次吃這樣的東西，所以覺得應該很好吃吧……其實王府的飯食已經比相府好上許多了。」

「不該有的期盼……」沈世安覺得這話很有意思，重複低喃了一遍後，便對身邊等候吩咐的小廝說道：「你去告訴廚房，王妃對他們有些不該有的期盼，希望他們繼續磨鍊廚藝，別辜負了王妃。」

小廝領命去了，夏瑤攔都來不及，心想只能等一下再差人去說一聲，別把師傅們給嚇壞了。

想到沈世安在宮裡的樣子，夏瑤不禁心累，感覺他又想用她當作幌子，好讓自己吃點好的。就一個傻白甜，拿什麼霸道總裁劇本呢？

有了晚飯這一齣，夏瑤暫時不敢多說什麼，檸檬送來以後，只叫人清洗乾淨，然後找了個密封性不錯的陶瓷罐子，洗過後烘乾水分，再將檸檬切片，一層檸檬一層蜂蜜地放進罐子裡，最後蓋好罐子，讓人放進王府的冷庫中。

「王妃這是要做什麼？李師傅不是說檸檬酸澀，難以入口嗎？」晚秋按照夏瑤的囑咐將陶瓷罐子放入冷庫，不解地問道。

「我想著既然果子酸澀，用甜的蜂蜜泡一泡，說不定就好吃了。」夏瑤隨口答道。

她前世在外讀書的時候租了個小套房住，隔幾天就自己做點好吃的，這蜂蜜檸檬就是冰箱裡的常備品，吃的時候取兩片檸檬，舀一勺浸泡好的蜂蜜，用涼開水或者放涼的茶水一沖，比外面賣的飲料還好喝。

晚秋明顯不信，這東西連王府裡的人都不知道要怎麼吃，王妃別說自幼吃的食物就有限，連相府都沒出過幾次，怎麼可能真給她弄出什麼來？不過看到夏瑤精力充沛的樣子，她高興都來不及了，絕不會打擊她。

蜂蜜檸檬醃漬大約七天後最可口，所以夏瑤在證明自己的作法是對的之前，先要回一趟門。

先前已經見過夏丞相一次，這回夏瑤早早便做好心理準備，不過在見到和前世的母親長得完全一樣的丞相夫人時，她還是忍不住紅了眼眶。

「唉唷我的心肝兒啊，」丞相夫人摟著她落淚道：「王府可住得習慣？吃得如何？王爺對妳好不好？晚上睡得怎麼樣？這兩天累不累？」

「娘親，」夏瑤被她逗笑了，說道：「您一下子問這麼多問題，我該回答哪一個啊？」

丞相夫人身邊的劉嬤嬤說道：「那天相爺回來，說在宮裡見了王妃，夫人便哭了一晚上，怕王妃離了家不適應。」

「好啦，娘親別哭了。」夏瑤心底對她親近了幾分，說道：「王爺人很好呢，說我想你們的話隨時都可以回來，住幾天也行。」

「胡說，哪有姑娘嫁出去了還回家住的，像什麼樣子！」丞相夫人說道：「要是被外人瞧見，還以為妳和王爺處得不好呢。」

夏瑤撇了撇嘴。別說古代了，就是現代，女孩子嫁了人也被說是潑出去的水，不能隨便回家，回家就是給夫家臉色看。

「王妃，夫人是為您好，這姑娘家一嫁出去，就成了親戚，哪有一天到晚回家的呀。」劉嬤嬤說道。

夏瑤不喜歡劉嬤嬤這番話，皺眉不滿道：「嫁了出去，我娘就不是我娘了嗎？若是這樣，那我死也要死在自己家，不要嫁出去當什麼親戚！」

第四章　小露一手

「呸呸呸，童言無忌、童言無忌！」丞相夫人被她唬得差點跳起來，嚷嚷道：「什麼死不死的？行，妳要回家就回家，要住幾天就住幾天，娘不攔著妳！」

夏瑤滿意地笑起來，說道：「我知道啦，其實王府挺好的，裡面還有個後花園呢，王爺人也好，我不會一天到晚回來的，最多一個月回來兩次。」

「妳這丫頭，看妳的樣子，就知道妳和王爺相處得不錯。」丞相夫人點了點她的額頭道：「身體感覺怎麼樣？晚秋剛剛說妳似乎真的好了些？」

「嗯，我昨天還在王府的後花園逛了好久呢，晚秋說我以前只能走一半的時間。」夏瑤說道：「我也覺得自己身體好了不少。」

「劉嬤嬤，去請闓大夫來為王妃看看，是不是大好了。」丞相夫人吩咐道。

闓大夫是相府的住家大夫，夏瑤聽晚秋說自己出嫁前一直由這位老大夫照顧，於是乖乖讓他把了脈。

「奇怪？」闓大夫皺著眉說：「奇了怪了。」

丞相夫人緊張到手指都被自己捏得泛白，直問道：「怎麼了？瑤瑤身體如何？」

「怎麼會呢？」閆大夫還在自言自語。

「唉唷喂，閆大夫你可急死我了，」丞相夫人差點就要不顧體統，親自去揪老大夫的衣領了，急問道：「到底怎麼樣啊？」

「王妃的身體似乎一點問題都沒有了。」閆大夫收回手說：「之前各種症狀都消失了，如今只是有些體弱，好好養養，平時注意鍛鍊就行了，過不了多久就能和普通姑娘們一樣健康。」

丞相夫人大大鬆了一口氣，握住夏瑤的手道：「果然準……果然準！娘親明天就去道觀，為道長修個金身！」

道長能修金身嗎？夏瑤有些疑惑，但是又不太懂這種求神拜佛的事，再加上她覺得這道長能算到自己會穿來這裡，估計是個半仙了，便贊同地點點頭說：「對，要修，修個大的！」

夏丞相和自家長子夏肅正在前廳陪沈世安說話。夏肅和夏瑤雖是同父同母的親兄妹，模樣卻是天差地別，夏肅隨了夏丞相，是個大塊頭，看起來足足有夏瑤身形的兩倍大，講起話來也粗聲粗氣的。

方才進門的時候，夏瑤覺得自家哥哥一巴掌就能拍死兩個沈世安，著實惴惴不安了一會兒，不過觀察了一下，發現這個哥哥看起來雖似粗人，卻溫和有禮，口氣還沒有沈世安來得衝，便放心下來。

夏丞相面對夏瑤的時候，是個寵女兒寵到沒原則的老父親，其餘時候則是隻老狐狸；沈世安雖然被夏瑤看成傻白甜，倒不是真的傻，老狐狸對上小狐狸，聊起天來就很有意思了。

「這小丫頭被我寵壞了，若是說話做事有什麼得罪王爺的地方，還請多擔待一些。」夏丞相說道。

「王妃雖然天真爛漫，但做事有分寸又體貼人，自從她來了以後，我做什麼都覺得方便許多，連飛星都快無用武之地了。」沈世安溫和地說。

夏丞相想到剛才他們進門的時候，夏瑤貼心地扶著沈世安的手臂，輕聲細語提醒他哪裡有臺階、哪裡走慢一些，不由得冒出一股酸意，吹鬍子瞪眼地看了沈世安一眼，然而沈世安看不見，一張俊俏的臉上滿是無辜。

一旁的夏肅左右看了看，乾咳兩聲道：「喝茶，喝茶。」

好不容易捱到了中午，夏肅摸摸自己被茶水撐飽了的胃，苦哈哈地想著：其實這兩個人才是父子吧？

因為閆大夫說夏瑤的身子要好好養，中午吃飯的時候，丞相夫人就一股勁兒地命人為夏瑤布菜，偏偏丞相府的飯食比王府的還難吃，夏瑤愁眉苦臉地對著面前堆滿菜的盤子，小聲嘆了口氣。

「王妃，」沈世安聽她嘆氣，問道：「餐具又傷心了？」

「嗯，」夏瑤沮喪道：「比王府的餐具還傷心呢。」

沈世安低頭憋了會兒笑，說道：「吃不了就給我吧，等回去了再吃。」

夏瑤立即恢復精神，把裝得滿滿的菜盤推到沈世安手邊，丞相夫人看著這一幕笑了笑，對還想繼續布菜的侍女擺了擺手，讓她退下了。

吃過午飯，夏瑤有些犯睏，正準備回自己原來的房間休息一會兒，卻被夏丞相鬼鬼祟祟地招到了一邊。

「怎麼啦，爹爹？」夏瑤揉了揉眼睛讓自己清醒，很自然地壓低聲音和夏丞相說話。

「妳是不是挺喜歡王爺的？」夏丞相問她。

「還可以呀，王爺長得多好看啊，誰不喜歡呢。」夏瑤理所當然道。

「怎麼能因為好看就喜歡一個人呢？得看內在啊。妳看爹爹我，雖然長得不好看，但爹爹有才華啊，要不妳娘怎麼會看上爹爹呢？爹爹告訴妳，看男人可不能看臉，好看的都不中用。」夏丞相說道。

他急了他急了。夏瑤在心中暗想，他居然說王爺「不中用」……她一瞬間差點想歪了，趕緊把自己掰回來。「可是王爺是我的夫君啊，我喜歡他不是很正常嗎？」

「那、那你們才認識幾天啊，妳得多觀察觀察！夫君怎麼了？有爹爹在，妳想換個夫君，爹爹也能幫妳想辦法。」夏丞相挑撥道。

「好啦。」夏瑤拍了拍這個開始亂說話的老父親，瞬間體會到了海王到處養魚的感覺，回道：「不管我喜歡誰，您永遠是我最喜歡的爹爹！」

安撫了好一會兒，夏丞相的心情總算是平順了一點，夏瑤打了個呵欠，順嘴對身邊的晚秋道：「去問問娘親，有沒有幫王爺安排休息的地方，王爺習慣午休。」

旁邊的夏丞相聽到這番話，又生了好一會兒的悶氣。

這回不算太累，夏瑤睡了半個多時辰就醒了，她揉著眼睛坐起來思考，幸虧是身體不好，不然她還真沒辦法到哪兒都能倒頭就睡，一點也不認床。

夏肅為了她的回門特地請了半天假，這會兒已經離開了，夏瑤稍稍梳洗了一下，便去向爹娘辭行。

她要走，丞相夫人又抹起了眼淚，夏瑤倒是不太傷感。這一世父母雙全，兩老身體也健康，對她來說已經是額外的驚喜，以後想見面隨時都可以，比前世幸福多了。

不過相府的東西實在難吃了些，夏瑤一回王府，就趕緊讓廚房下碗麵吃了，不得不說，真餓起來的時候，連王府的食物也變得美味許多。

又過了幾天，放在冷庫的蜂蜜檸檬總算是可以嚐嚐了。夏瑤差人去冷庫拿來，一打開罐子就聞到了檸檬的清香味，連晚秋都有了興趣，趕緊招呼人拿青瓷茶壺來泡。

可惜這裡只有茶杯，沒有大杯子……夏瑤一邊用乾淨的筷子將檸檬挾出來放到茶壺裡，一邊想著要找時間去訂做幾個大杯子，以後做飲料也方便。

涼開水早就準備好了，夏瑤用勺子舀了幾勺泡過檸檬的蜂蜜，隨後將水倒入茶壺中攪了攪，蜂蜜立即散開了。

「都嚐嚐吧。」夏瑤說著，讓小環將蜂蜜檸檬水倒進茶杯中。

小環迅速倒了三杯出來，夏瑤正準備伸手去拿，卻被晚秋攔住了，她疑惑地看向自己的貼身侍女。

「讓奴婢先嚐吧。」晚秋說道。

這……倒也不必吧？夏瑤看她一副視死如歸的樣子，不由得想笑，不過對她這麼貼心還是有些感動，便收回手等她先喝。

晚秋端起茶杯，聞了聞味道後，極其小心地抿了一口，緊張地品味了一下，頓時驚喜地看向夏瑤。「王妃，真的不酸了！」

「我就說可以嘛。」夏瑤得意道，她自己端了一杯，又招呼小環。「妳也試試看。」

蜂蜜檸檬的各種喝法夏瑤都試過，並不覺得驚喜，相比之下第一次喝的小環和晚秋就激動多了，一邊喝一邊還不停地交流。

「我覺得這樣喝，比單喝蜂蜜水好多了。」

「嗯，蜂蜜水單獨喝太膩了些，有了檸檬的酸味，味道更為清爽可口。」

「聞著也香，又好喝、又好聞，比以往夏天喝的涼茶味道好多了。」

夏瑤慢慢喝完自己手中那一杯，又問道：「晚秋，我之前讓妳涼的茶水呢？」

「在這裡。」晚秋拿來另一個茶壺，說道：「已經涼好了。」

夏瑤打開茶壺蓋子，直接放了幾片檸檬，又舀了些蜂蜜水進去，興致勃勃地對晚秋道：「走吧，拿去給王爺嚐嚐。」

沈世安並不在自己的院子裡，聽夏瑤說要找他，沈世安院子裡的長青熱情地說：「王爺在竹林裡練劍呢，小的領王妃過去吧。」

這會兒正是下午兩點多，夏瑤想了想，問道：「王爺下午吃不吃點心？」

「有時候會吃，若是從宮裡帶了點心回來，就會吃得多些。」長青回道。

夏瑤思索了一下，說道：「那你等我一會兒，我回頭弄個點心再去。」

一個星期過去，夏瑤的身體狀況已經比之前好上許多，迫不及待地想自己動手做點吃的了。

回到自己的院子，夏瑤吩咐道：「晚秋，讓人去大廚房拿些牛奶和生粉來。」

生粉便是澱粉，是用木薯做的，和前世的玉米粉用起來沒什麼太大的差別，王府的廚子有時候會拿來勾芡，夏瑤見過好多次了。

晚秋吩咐人去拿了，夏瑤又命人生了火，一邊看一邊感慨：古代想做點吃的可真不容易，幸虧自己現在是王妃，要是普通人，大概已經餓死了。

夏瑤要做的是牛奶球，這點心在前世她做過好多回，是簡單又速成的小零食。

將牛奶和糖在鍋中加熱，隨後倒入生粉攪拌均勻，用小火慢慢熬，直到攪拌得細膩無顆粒，開始成形，就可以取出來了。

拿出來之後在案板上揉一會兒，感覺不黏手了，就分成小塊，搓成一元硬幣大小的丸子。

夏瑤做的量不多，也就兩碟子，做好的牛奶球捏起來頗有彈性，吃起來細膩香甜，雖然沒什麼特別之處，但是味道很好。

將其中一碟分給和她一起做的丫鬟與僕婦們後，夏瑤自己也捏了一個吃下，接著她微微皺了皺眉，覺得有些不夠味。

「妳們覺得怎麼樣？」她問道。

「好吃，這是我吃過最好吃的點心了！」小環還是個小丫頭，完全無法抵擋這種甜滋滋又有奶香味的點心，眼睛都亮了。

其他人自然也猛誇了一頓，說得像是只有天上的神仙才能吃到這牛奶球似的，更將夏瑤捧成了廚神。

這只是個再簡單不過的牛奶球罷了……夏瑤捂臉擺手，覺得有點羞恥。

摸著下巴思考了一會兒，夏瑤發現問題所在。她前世做牛奶球時會撒上可可粉，可可微苦又特殊的香氣會為牛奶球增添一重風味，但是這回沒有可可粉，吃起來就單調了一些。

「晚秋，幫我拿些茶葉來，一點點就行。」夏瑤吩咐道。

將茶葉置於缽中碾碎，再用小篩子撒到牛奶球上，白嫩的牛奶球上頭鋪了一層細密的茶粉，連賣相都提升了不少。

夏瑤再嚐了一個，點了點頭。這回味道對了，牛奶的醇香甜蜜混合著茶葉的清苦，好吃又不膩。

「走吧。」總算是滿意了，夏瑤讓人拿著牛奶球和剛剛泡好的蜂蜜檸檬茶，說道：「去找王爺。」

竹林中，沈世安穿著一身淺藍色刺繡便服，動作如行雲流水，身形輕盈，衣袍翻飛，恍若仙人，看得夏瑤眼睛都捨不得眨。

最後一個旋身結束，劍氣將竹葉擊落了幾片，隨著沈世安的收勢紛紛飄散，夏瑤這才呼出了一直憋著的一口氣，覺得只有在仙俠電視劇中見過的場景居然在自己眼前真實上演，實在不可思議。

飛星這才出聲提醒。「王爺，王妃來了。」

見沈世安收起劍，夏瑤趕忙小跑到他身邊，語氣中滿是崇拜。「王爺，你下凡辛苦了。」

沈世安稍稍思量一下就明白了她的意思，無奈道：「亂說什麼呢，找我有事？」

「嗯，我做了些吃的。」夏瑤興致勃勃地拉著他走到桌子前，將晚秋倒好的蜂蜜檸檬茶遞到他手中，問道：「王爺猜猜是什麼？」

沈世安低頭聞了聞，答道：「檸檬？這東西不是不能吃嗎？」

「你嚐嚐就知道啦。」夏瑤說道，一臉期盼。

沈世安聽出她的雀躍，笑著抿了一口，挑了挑眉道：「放了糖？」

「不是，是蜂蜜。」她將蜂蜜檸檬的作法對沈世安說了一遍，問道：「怎麼樣？是不是很好喝？」

沈世安點點頭說：「的確，雖然聽起來很奇怪，但這些東西混在一起，倒是極為清爽，連檸檬本身的酸味也讓人可以接受了，難為妳能想出這種辦法來。」

「還有點心呢。」夏瑤用筷子挾了一個牛奶球放到沈世安面前的小碟子中，推到他手邊說：「王爺嚐嚐。」

沈世安稍微摸索了一下後碰到了牛奶球，隨即因為那奇怪的觸感而縮手道：「這是什麼？」

「我做的牛奶球，很好吃的。」夏瑤催促他。「王爺快嚐嚐呀。」

既然是夏瑤做的，沈世安暗自下定決心不管怎麼樣都要說好吃，然後重新拿起牛奶球放入口中。

沒想到，完全不用他絞盡腦汁思考如何誇這點心，讚美之詞就這麼浮現在心頭——牛奶球口感細膩，稍微嚼幾下就化在口中，外面一層茶粉恰到好處，微苦的味道中和了牛奶球的甜膩，和自己以往吃的點心真不在一個層次。

沈世安吃完一個，推了推面前的小碟子說：「再拿一個。」

沒什麼比親手做的食物受歡迎更讓廚師高興的了，夏瑤樂顛顛地又為他挾了一個。

一口氣吃了五個，沈世安才停下來喝了一口蜂蜜檸檬茶，說道：「想不到王妃在廚藝上還挺有天賦的，這點心和宮裡的比也不差。」

「也沒有那麼好啦。」夏瑤謙虛地應了一下。

晚秋看了她一眼，心想若是王妃臉上的笑容沒有這麼燦爛，這話或許還有幾分說服力。

沈世安看不見夏瑤的表情，只能依照她的話來判斷，聽她這麼說，堅定道：「的確好吃，把作法告訴廚房的人吧，以後不用親自動手了。」

夏瑤本來就不喜歡一直重複做同樣的食物，立即答應了，而且由於心情極好，她一時收不住手，興致勃勃道：「順便和廚房說一聲，晚飯不用做了，今天讓我來。」

第五章 心服口服

「妳還要做晚飯？」沈世安的表情變得有些微妙，說道：「王妃才剛開始做吃的，還是慢慢來比較好吧？」

這是不相信她呢……夏瑤撇撇嘴，心裡知道他的顧慮一點都沒問題，畢竟她在這兒從沒做過飯，但情感上還是覺得有點受傷，她不禁哼了一聲，道：「那還是讓大廚房準備著吧，若是我做得不好吃，還有個備選。」

說完這些話，夏瑤就表示自己要去準備，起身離開了。

沈世安伸出去還準備要一個牛奶球的手懸在半空中，表情有些疑惑，晚秋看了他一眼，無奈地搖搖頭，行了禮追著夏瑤走了。

「怎麼了？」沈世安失明之後，耳朵變得格外靈敏，能感覺到夏瑤語氣中情緒的變化，只不過聽出來了並不代表明白了，他問飛星。「王妃不高興了？為什麼？」

飛星從頭到尾都沒看明白是怎麼回事，茫然道：「沒有吧，可能只是急著去做晚飯。」

算了，飛星的觀察力還不如自己，沈世安搖了搖頭說：「幫我再倒一杯茶，你也來嚐嚐，味道的確不錯。」

夏瑤一路匆匆地離開竹林，朝著大廚房走去，見她小臉緊繃，晚秋在一旁勸道：「王妃別生氣，王爺應該是無心的。」

其實夏瑤也就那一瞬間有些不高興，出了竹林後就已經不在意了，聞言說道：「我沒在生氣啊，多大點事，我在想晚上吃什麼呢。」

……行吧，王妃心挺大的，也是好事。晚秋心想。

晚飯吃什麼這件事，的確是道難題。王府大廚的菜做得不怎麼樣，但排場倒不小，雖然只有兩個主子，他們也回回都要做一整桌料理，反正主子吃不完還有下人，倒是不會浪費。不過滿桌子的菜，夏瑤往往也就一、兩道願意入口，早就忍不住自己來了。

如今還是春天，想到這是自己第一次在這裡做菜，夏瑤不打算做太複雜的，就煮個粥、做個點心，清淡一些就行了。

調味料和油，她院子裡的小廚房就有，在大廚房內轉悠了半天，夏瑤最終拿了一塊牛肉跟一袋麵粉便離開了。

大廚房的人看著她拿了東西出去，皆面面相覷，不禁議論起來。

「王妃這是……要在自己院子裡做吃的？」

「是吧，只是王妃怎麼還親自來呢？」

「聽王妃院子裡的人說，王妃今兒個下午就做過點心，還給她們嚐了，說是比咱們做的味道還好呢。」

「這、這是要辭了我們？可是師傅已經算得上京城數一數二的大廚了，再往上那可就是御廚了，把師傅辭了，王妃自己做吃的，也不像話吧？」

他們湊在一起剛嘀咕了幾句，就見王妃院子裡的小環來了，手上拿了張紙，進門就問道：「阮師傅在不在？」

「在呢在呢，小環姑娘找我有什麼事？」一個微胖的中年男人立即走了過來，說道：「王妃有什麼吩咐？」

小環雖然在夏瑤眼裡是個天真的小丫頭，但畢竟是沈世安特地安排給夏瑤的大丫鬟，對外就顯出她做事穩重周到的樣子來了，她將手上的紙遞給阮師傅，說：「這是王妃今天試做的點心，王爺嚐過覺得很喜歡，王妃便讓我把食譜給您拿來。以後這點心就由您來做吧，王妃怎麼說都是千金之軀，總不好每天在廚房做點心。」

「那是自然、那是自然……」阮師傅雙手接過那張薄薄的紙，彷彿是什麼絕世珍寶，微微顫抖道：「這食譜真的給我了？」

這個朝代，食譜這類東西一般只會在家族內部流傳，例如宮中目前的御廚就是世代傳承的，他們的食譜不會讓家族以外的任何人看見，阮師傅自然也是靠著家中流傳下來的食譜才能坐上王府大廚的位置，如今王妃居然將一個王爺誇過的點心食譜就這麼給了他……阮師傅拿著那張紙，感覺自己在作夢。

小環知道阮師傅在激動什麼，不過若是他知道去王妃小廚房幫忙的幾個人都已經學會這牛奶球的作法了，恐怕會崩潰。

「王妃說給您，自然就是這樣了，您早些學會，王爺明天說不定還想吃呢。」小環說道。

「當然當然，我今天晚上……喔，我現在就開始學！」阮師傅說道。他心想晚飯就交給姪子做吧，反正王爺向來不是很喜歡他做的菜，但這牛奶球可是王爺親口誇過的，得趕緊學會才行。

小環對他的態度很滿意，點點頭便離開了。王妃說今天晚飯要做什麼「千層肉餅」，聽起來就好吃，她得趕緊回去等著餅出鍋。

小廚房裡，夏瑤正指揮著四周的人忙得團團轉，這邊淘米熬粥，那邊讓人揉麵，牛肉也得剁碎。夏瑤一邊到處看一邊想，貴族的生活真是太爽了，換成是以前的她自己做，起碼要花半天時間。等她把這些人訓練好，小廚房就不缺廚娘了。

夏瑤這頭告訴熬粥的人要用多少水、多少米，那頭又要幫揉麵的人調整麵團的軟硬度，好在剁肉餡不需要太多技巧，等會兒調味她自己來就行。幸虧身體健康了許多，要不然光這麼轉來轉去的，就能讓她累個半死。

肉餡剁完，麵也揉好了，夏瑤調過味後，讓人把麵團擀成薄薄的一張大麵皮，將肉餡均勻塗抹上去，隨後多次摺疊再擀薄，最後在上面刷了一層醬料，撒上滿滿的白芝麻，這千層就是這麼摺疊出來的。

千層肉餅一般在鍋子裡烙熟就行，但是夏瑤喜歡烙過之後再烤一下，這樣更能蒸發餅中剩餘的水分，讓外層更加酥脆，芝麻香味也更濃郁。她左右看了看，問道：「府裡有烤爐嗎？」

她記得宮中吃的菜有一道就是烤魚，所以這個時代應該已經有烤爐了。

果然，有僕婦答道：「烤爐是有一個，不過只有大廚房有，小廚房這裡沒有。」

夏瑤本就想讓沈世安看看她做的東西有多好吃，自然不會讓自己的作品有一絲瑕疵，於是安排一個僕婦看著粥，帶著剩下的人一起去了大廚房。

她要用烤爐，大廚房的人也殷勤得很，阮師傅正為她給的食譜感動不已，二話不說就招呼人把烤爐底下的火生上，奉承道：「王府這廚房全按著宮裡的配置，不過說實在的，還真沒有能用得上這烤爐的時候，王妃真是了不得。」

古代的烤爐不似現代的烤箱能精準控制溫度和時間，好在夏瑤以前用慣了烤箱，自有一套判斷方式，等到烤爐內肉餅的鮮香混合著芝麻香氣飄散出來的時候，基本上就是烤好了，再烤下去就會焦掉。

「行了，打開吧。」她吩咐道。

爐門關著的時候還好，門一打開，那股混合著肉香、麵香、芝麻香，還有香料的濃郁味道傾瀉而出，差點把大廚房的人熏到暈倒，所有人都不約而同地嚥了嚥口水。

夏瑤滿意地點點頭，不愧是王府，從麵粉到牛肉用的都是極好的食材，這餅的味道自然差不了。

差不多到飯點了，夏瑤讓人拿了餅，便急匆匆離開了大廚房。

阮師傅看著剛剛用來烤千層肉餅的鐵盤，從上面捻了一粒沾著醬料的芝麻吃下，搖搖頭道：「看來今兒個大廚房備的晚飯，是用不上了。」

沈世安被請去了夏瑤的院子裡，一進門就聞到空氣中一股他從未聞過的食物香氣。

夏瑤正指揮著人把粥擺到桌上，一回頭見沈世安來了，就跑過去拉著他走到桌邊道：「王爺，快來嚐嚐我做的餅！」

沈世安來之前還有些忐忑，畢竟剛剛夏瑤是負氣離開的，現下感覺到她還是一如既往的活潑，不由得鬆了口氣。

夏瑤挾了一塊切好的千層肉餅放在沈世安面前的碟子裡，因為看不見，沈世安每次吃飯的時候，桌上的碗、碟、筷子跟勺子都有固定的位置，布菜一般都會放到他手邊的菜碟中。

烤好的千層肉餅外層酥脆，裡面每一層都薄薄的，夾著鮮香多汁的餡料，一口咬下去，肉汁包裹著麥香濃郁的餅皮，芝麻顆粒在齒間彈跳，這樣的味道，沈世安在宮中都不曾品嚐過。

夏瑤自己也挾了一塊，吃得幸福到瞇起了眼睛，來了這麼些日子，總算是嚐到合胃口的食物了。

「怎麼樣？」夏瑤問沈世安。「王爺喜歡嗎？」

沈世安沈吟片刻，開口道：「對不起。」

夏瑤一臉疑惑地說：「什麼對不起？」

「我明白王妃剛剛為什麼生氣了。」沈世安認真地說道：「我不該不信任妳的手藝。」

夏瑤愣了一下，才明白他在說方才那件事，忍不住笑道：「這算什麼，我原先的確沒做過吃的，王爺不信任很正常啊！」想了想，她又道：「王爺也太可愛了。」

沈世安的表情僵硬了一瞬，反問道：「可愛？」他長得俊俏，發愣時斂起了平時機靈的樣子，顯出幾分稚氣來，夏瑤控制住自己想去捏他臉頰的手，又為他挾了一塊餅，催促道：「喜歡就多吃點，粥已經不燙，可以喝了。」

沈世安聽話地喝了一勺白粥，不知道是不是因為肉餅加分的關係，他覺得這白粥也比平日的更好吃。

享用完美味的餐點，小廚房裡剩下的餅和大廚房送來卻一筷子也沒動過的晚餐，就這麼賞給了院子裡的人，不小心吃撐了的王妃扶著吃得也有點多的王爺散步去了。

晚餐吃得早，外面天色還很亮，夏瑤挽著沈世安的手臂慢慢走著，她抬起頭看了看，見夕陽照在他臉上，睫毛在眼下映出一片陰影，心中又惋惜了幾分。沈世安的雙眸生得尤為出色，只是仔細看的話就會發現沒有焦距，若是沒有失明，那眼眸該有多靈動啊，難怪陛下找盡天下的名醫，也要治好他。

「在想什麼？」沈世安不習慣她半晌不說話，開口問道。

夏瑤收回了思緒，問道：「王爺平時都做什麼？」

「練劍、彈琴、下棋，還有處理莊子和避暑山莊的事。」沈世安說道。

「咦?避暑山莊是王爺在管的嗎?」夏瑤驚訝道。

「閒差罷了。」沈世安不以為意地說:「那邊反正一直有人照料著,我只安排皇兄去避暑的事,一年忙不了幾個月。」

夏瑤了然,又問道:「王爺還有個莊子?」

「嗯,」沈世安點點頭說:「離京城不算遠,妳要是有興趣,過段時間帶妳去玩。」

「好呀好呀!」夏瑤雀躍起來,問道:「莊子上有什麼?有溫泉嗎?有果樹嗎?」

「都有,我們現在吃的東西,都是莊子上定期送來的。」沈世安聽她的語氣裡滿是期待,不由得帶了點笑意說:「不過大部分都會賣掉,我不太管他們送什麼吃的來,妳去了可以自己挑。」

「那我們什麼時候去?」夏瑤走了一會兒有些累了,拉著沈世安去邊上的亭子裡休息。

沈世安一直習武,發現夏瑤走沒幾步路就累了,深覺她的身體實在太差,說道:「等妳身體好一些吧,莊子上有馬場,到時候可以學騎馬。」

她逐漸恢復健康的事,按照夏丞相和陛下的意思,是等過一段時間再告訴王爺,畢竟他這邊一點進展都沒有,陛下擔心他會過於心急。不過夏瑤覺得,依王爺聰慧的程度，這事瞞不了多久，她總不能一直裝病吧。

王府再大，這段時間下來夏瑤也逛完了，既然還不能去莊子，她就想出府逛逛，好好欣賞古代的風土人情。

沈世安並不拘著夏瑤，聽她說要出門，便指派了府裡的馬車，隨後想了想，又對飛星說道：「叫你姊姊來。」

飛星出去片刻，帶回一個穿著和他差不多的姑娘，沈世安道：「望月，妳以後跟著王妃，她的安危就交給妳了。」

望月應下了，回身對著夏瑤抱拳行禮。「望月見過王妃。」

夏瑤仰頭看了看她，問道：「妳身手是不是很好？」

望月看了看眼前嬌小的王妃，說話語氣忍不住軟下來，還帶著點炫耀。「比飛星好一些。」

「哇！」夏瑤驚喜地瞪大了眼睛，一副撿到寶的樣子把她拉到自己身邊，堅定道：「妳以後就是我的人了！」

望月笑著跟在夏瑤身邊，看著這個小王妃興奮地向王爺告辭，帶著她和晚秋準備出門。

「王妃想去哪裡？」上了馬車後，望月問道。她之前是沈世安的暗衛之一，出門比丫鬟們方便得多，對京城也算了解。

夏瑤想了想，說道：「我記得上回進宮的時候，看到一條挺繁華的街道，就去那裡吧。」

望月去前面和車夫老方說了一聲，又問道：「王妃是想買點什麼還是隨意逛逛？若是隨意逛逛，一會兒可以把馬車停在街道外面，這樣逛起來便舒適一些。」

居然還有專門停馬車的地方？這不就是古代的徒步區？夏瑤更開心了，回道：「就隨意逛逛吧，我也不知道要買什麼，只是想出門而已。」

這裡是京城最繁華的地段，東西好，價格也偏高，所以來逛街的基本上是京城的有錢人，夏瑤帶著晚秋和望月，算是挺融入的。

街邊小吃攤不少，夏瑤稍微看了看，便知道味道都不怎麼樣，唯有一家賣油炸豆腐的，看著生意不錯，攤子也乾淨，她一時來了興致，便讓晚秋排隊買了三串。

然而豆腐串一入口，夏瑤便失望了——豆腐太厚，炸得不透，外面的醬汁還過甜，吃起來很無趣。她吃完自己手裡那串，便皺著眉把竹籤給了晚秋。

「王妃不喜歡嗎？」望月倒是吃得喜孜孜的，說道：「除去那些大酒樓，這算是生意最好的一家了，聽說有祖傳秘方呢。」

夏瑤看不上他們的祖傳秘方，說道：「等回去了向大廚房要些豆腐，我做炸豆腐給妳們吃。」

既然吃的沒什麼可看的了，夏瑤就把注意力轉向其他店鋪。

「那是書店嗎？」夏瑤看了看，說道：「我們去轉轉吧。」

其他兩個人自然沒有意見，跟著她大大方方地進了店。

一進門夏瑤就覺得哪裡不太對，愣了一下才反應過來——原來是來書店買書的都是男人，她們三個姑娘家一進去，立即顯得有些格格不入。

晚秋臉皮最薄，一下子被這麼多目光注視，馬上低頭小聲道：「王妃，要不我們還是出去吧。」

她話音未落，旁邊就有人說道：「姑娘莫不是走錯了？綢緞莊在隔壁。」

夏瑤皺了皺眉轉頭看去，見是一個讀書人打扮的青年男子，她想想自己突然進來的確有些突兀，終究沒對他多說什麼，而是轉頭對書店老闆道：「老闆，你這裡可有風土人情、人文歷史一類的書？喔對了，還有律法相關的。」

「前面兩種有，至於律法一類的，我這小店可賣不了，那是官府的人才能看的。」

老闆見她目標明確，知道她是真心想買書，便熱情地介紹道：「姑娘來這邊吧，這一面都是。」

夏瑤點點頭跟著老闆走了，一個眼神都沒遞給那青年男子，男子皺了皺眉，不知想到什麼，露出一個譏諷的表情，跟了過去。

第六章　仗義執言

夏瑤自從來到勵國，還沒好好了解過這個朝代和國家，對著琳琅滿目又沒有封面插圖的書，一時有些難以下手。好在這些字她認得，正準備拿起一本編年史，就聽到剛剛那個男子又在說話了。「姑娘可是要幫家中小輩選書？若是不懂的話，在下可以幫忙。」

夏瑤吸了口氣，假笑道：「不麻煩了，我自己會選。」

對方見她拿起編年史，又說道：「這書其實晦澀難懂，姑娘若是要看書的話，那邊有不少話本，更適合女子。」

夏瑤本身不是脾氣特別好的人，遂把書往晚秋懷裡一放，轉頭道：「這位公子，我太奶奶活了九十多歲，你知道為什麼嗎？」

「為、為什麼？」男子看起來有些茫然。

「因為她從不多管閒事！」

她的聲音不算太大，但是店裡安靜，話音剛落，就聽到各個角落傳來憋不住的笑聲，那男子臉上一時繃不住，無力地說了一句「女子怎麼能如此粗魯」，就轉身出了店。

夏瑤默默鄙視了他一下，心想總算能靜下心來好好選書了。

挑了幾本風土人情和歷史一類的書，夏瑤又轉去放話本的地方，畢竟除了學習之外，她還是需要一點消遣的。

然而翻了幾本，夏瑤就覺得沒意思了，不外乎是些狐狸精報恩、公主小姐榜下捉婿，還有窮書生和白富美的愛情故事，都是文人書生們作的美夢，實在沒什麼吸引力。她放下書準備要離開，卻見晚秋拿著話本看得津津有味的。

夏瑤湊過去看了看，見內容跟玉兔精有關，便問道：「妳喜歡這個？」

晚秋正沈迷在故事情節中，猛然被問，嚇了一跳，趕忙放下書說：「挺有意思的。」

「喜歡就拿著吧。」夏瑤將話本拿去放在自己買的那一堆書裡，準備一併結賬。

「不用不用，王妃，」晚秋忙按住她，說：「書太貴了。」

夏瑤擺擺手道：「難不成我買不起一本書給妳？話本還是裡面最便宜的，就當順帶了。」

晚秋見她說得堅決，自己又的確很想看，也不再攔著了，鬆開手道：「多謝王妃賞賜。」

夏瑤覺得不能厚此薄彼，便問一旁的望月。「妳要不要買一本？」

望月嫌棄地看了一眼，說：「屬下對這些膩歪的故事不感興趣。」

夏瑤心有戚戚焉地點點頭，讓她們抱著書去結賬了。

買完書，夏瑤拐進一家首飾鋪子看了看，失望地發現裡面最貴的東西還沒有她今天隨意戴的一只手鐲精緻。

「王妃，您的首飾有一半是從宮裡出來的，還有一半是夫人給您的，就是最新打的那些，也是請京城最好的匠人量身訂製的，這裡的自然不能比。」晚秋見她神色失落，貼心地說道：「您若是真心想買，隨意買幾個不錯的，用來打賞下人也可以。」

不愧是貼身侍女，就是會察言觀色。夏瑤早就清點過自己的資產，知道身上有的錢她幾輩子也花不完，可惜連個花錢的地方也沒有，都要悶死了，聽晚秋這麼說，她立即興致勃勃地挑了一大堆首飾，樂壞了老闆。

買了書，又採購完首飾，最後一站要逛的自然是綢緞莊。

其實夏瑤並不需要在外面買布料，王府有自己的繡娘，衣服之類的都是按季做，但是古代沒有成衣店，只能逛逛綢緞莊，了解一下最新流行趨勢。

「王妃可有喜歡的樣式？」晚秋問道。

「這個好像不錯。」夏瑤看到一疋素白色金絲暗花布料，摸起來冰冰涼涼，手感絲滑柔順。她想了想，說道：「夏天用來做衣服肯定很舒服，拿一疋吧，這顏色挺素的，王爺也能穿。」

「唷，姑娘好眼光，這是今年剛出的金絲蠶，聽說得宮裡頭的貴人才能穿得上呢，我這兒也就這一疋。」老闆見她看中這疋布，立即走過來介紹。「就是價格有些貴，姑娘真的要拿一疋？」

做生意的人還真愛說自己的東西是宮裡才有的，方才賣首飾的那家老闆也一樣，夏瑤對這種推銷手法見怪不怪，問過價格後，笑道：「就拿一疋，這料子不錯，也不怕用不完。」

兩人正說著話，旁邊突然響起一道清脆的聲音。「哎呀，這料子真好看，老闆還有嗎？給我拿一疋。」

「不巧了上官小姐，店裡就這麼一疋，這位姑娘剛剛已經訂下了。」老闆說道：「要不上官小姐看看別的料子？」

「啊？怎麼就一疋？」那姑娘失望地撇撇嘴，又眼饞地看了看夏瑤手裡的布料。

這位上官小姐一看就知道不是普通百姓，她身後跟了兩個侍女和兩個小廝幫忙拿東西，年紀看起來比夏瑤略大一些，臉小小的，下巴微尖，眼睛不像夏瑤那般圓溜溜，眼角微微上翹，看起來不太好惹。

夏瑤立即緊張起來。一般在電視劇和小說裡碰到這種場面，兩個姑娘會為一疋布或一樣首飾爭執不休，誰都不願意放棄自己想要的東西，最後搞得兩敗俱傷，讓路人看熱鬧。她慫慫地想，待會兒要是那姑娘想搶布料，乾脆讓給她算了，反正王府也不缺一疋布。

就在夏瑤做好心理準備的時候，卻見那姑娘遺憾地嘆了口氣，轉頭去看別的料子了。

夏瑤心想：咦？說好的修羅場呢？

小說和電視劇果然都是騙人的，這種名門貴女才不會為了這點小事爭來爭去。她見那姑娘半天都挑不中心儀的布料，想了想，便走過去小心地打招呼。「上官姑娘？」

上官燕轉頭過來，疑惑道：「姑娘有什麼事？」

「那布料……妳很喜歡的話，我們一人一半如何？」夏瑤微仰起頭和她說話，心想這身體真的太矮了，怎麼和每個人說話都要抬頭呢？

上官燕的眼睛立即亮了，驚喜道：「妳願意勻給我半疋？」

「嗯，」夏瑤點點頭道：「一卷布那麼多呢，半疋也夠用了。」

上官燕激動地一把拉住她的手說：「姑娘，妳勻了布給我，以後我們就是過命的交情了！」

夏瑤心想：這……倒也不必。

兩人回櫃檯和老闆說了，老闆自然願意，畢竟他沒少賺錢，還兩邊都沒得罪，便喜孜孜地幫她們分布去了。

布料裁好需要一些時間，兩個姑娘對其他料子沒興趣，準備去人少的地方等，豈料才剛轉身，就聽到人群中傳來一聲怒喝。「妳一個婦人家天天在家待著，要這麼好的布料做什麼？」

夏瑤心中一驚，轉頭看去，只見一個穿著綢緞長袍的男人正指責面前一個身穿破舊粗布衣裳的女人。這兩人夏瑤剛剛進綢緞莊時就看到了，還以為那是他的僕婦，現在一聽，他們竟然是夫妻？

聽那男人這麼說，女人忍不住捂著臉哭起來，說道：「我嫁給你這麼多年，只有頭幾年穿的是家中帶來的新衣，後面從未做過一件新的。我好歹是秀才的娘子，如今我弟弟要成親，穿成這樣去，人家會怎麼看我？」

「我和妳說過，衣服不過是身外之物，關鍵是人的內在。」那男人教訓道：「難不成妳穿著舊衣服，別人就看不起妳了？光靠衣服來評斷人的，也不值得和他們深交，那種人太過膚淺。」

夏瑤瞧了瞧那男人身上的綢緞長袍，想不出他是怎麼冠冕堂皇地說出這種話來的。那女人口拙，一時反駁不了男人的話，只能哭著哀求道：「就這一次，我以往從未求你買過東西。」

「妳們女人家怎麼動不動就哭鬧？」男人嫌棄道，卻不鬆口。「我在外賺錢，妳以為很容易嗎？沒見我天未亮就出門，天黑透了才能回家，養活妳不夠，還要給妳買新料子做衣服？」

「石秀才，你天黑透了才回家，不是因為天天在外頭喝酒嗎？」人群中大概是有認識他的人，朝他喊道：「聽說你闊氣得很，三不五時就請客啊！」

「那能一樣嗎？那是應酬，男人哪有不應酬的？」石秀才理所當然道。

夏瑤聽了一會兒，對望月說道：「妳去打聽打聽，這石秀才到底是什麼樣的人。」望月速度快得很，不一會兒就回來了，和夏瑤一起等布料的上官燕也很感興趣地湊過來聽。

原來這石秀才是個私塾先生，平日除了私塾的俸祿外，還能領秀才的補貼，按理說是不差錢的，可是他花錢最是大手大腳，請客點一桌菜，能有半桌吃不完倒掉，他為人又好面子，自己用的東西品質絕不能差，偏偏家裡還有個生病的老母親和一對兒女，每個月的花銷不少，錢總是不夠用。

其實石秀才的妻子家境殷實，他家中反而貧窮，當初人家將女兒嫁給他，就是看中了他秀才的身分，可惜家裡處處要用錢，別處沒地方省，就從妻子身上扣。按照他的收入，請得起僕婦或幫工，但在沒有餘錢的情況下，所有的活兒都得由妻子親自動手，操勞幾年下來，看起來不像貴婦，反倒像是下人。

上官燕聽完心頭一把火就燒起來，還未來得及發作，就見身邊那個看起來像糯米糰子般和氣的姑娘像小炮彈似的衝了出去，她旁邊的高個子姑娘一路幫她扒拉開人群，讓她衝到最中心。

石秀才正因為辯贏自己的妻子而沾沾自喜，準備把今日格外難說話的妻子拉回家時，冷不防一個人影從群眾中衝出來，到他面前給了他一記耳光，一時把他打懵了，半晌才反應過來疼。

圍觀的人群也愣住了，所有人都安靜下來，隨後就聽見那打人的姑娘指著石秀才的鼻子，罵道：「你簡直妄讀聖賢書，不要臉！」

石秀才捂著臉說：「妳、妳是何人？多管閒事、舉止粗魯，哪有女子的樣子?!」

夏瑤仰起臉道：「你苛待妻子、奢靡無度，哪有君子的樣子？」

「我何時苛待她了？」石秀才說道：「我是少過她吃，還是少過她穿？她現在的吃穿用度，哪樣不是用我的錢？」

夏瑤瞇著眼睛看了他一會兒，拉起一旁蹲在地上哭泣的女人，說：「姊姊，妳先起來。」

女人被她扶著站起來，搖搖頭道：「姑娘，我知道妳是好心，只是妳一個姑娘家，這樣在大庭廣眾下和秀才爭執，會影響妳的名聲。」

夏瑤笑了笑，回道：「沒事，他們不會知道我是誰。」

「石秀才，」她扭頭問道：「你家中是誰做飯、誰洗衣、誰照顧你母親、誰照顧你孩子？」

「當、當然是她，這不是女人該做的嗎，誰家的女人不做這些？」石秀才說道。

「你可感激過她？」夏瑤追問道。

「這有什麼好感激的，那也是她的家，是她該做的。」石秀才說。

「既然那是她的家，那麼家中賺來的錢，是不是她的錢？」夏瑤又問。

「我賺的自然是我的錢，怎麼會是她的錢？」石秀才答得理直氣壯。

夏瑤點點頭說：「需要做事的時候，那就是她的家、她的事，但是家中賺的錢卻不是她的錢，是你一個人的，你算盤倒是打得精，這哪是找了個妻子，這是找了個買斷身契的婢女啊！」

說罷，她想了想，又補充道：「不對，婢女是不用為你生兒育女的，這比婢女還划算。」

石秀才口不擇言地說：「我難道沒給她錢？她吃飯不是用我的錢？」

夏瑤驚訝道：「原來你竟然連飯也不想給她吃？」

「我、我何時說過不想給她吃了！」石秀才怒道。

「你天天在外花天酒地，可曾有一次想過帶幾道好菜回去給她嚐嚐？你自己身穿綾羅綢緞，可曾有一次想過給你的妻子做件漂亮的新衣？」夏瑤怒道：「她當初嫁給你，是認為你會對她好，而不是覺得自己日子過得太舒服，想要體會一下生活的艱難！莫非你娶她，其實是為了折磨她？」

「妳這姑娘怎麼這樣說話？」石秀才皺眉道：「我娶她當然是因為她當初一看就是賢妻良母的樣子，沒想到如今竟成了這般模樣！」

「『賢妻良母』在你口中聽起來簡直像是罵人的話。」夏瑤搖頭道：「你問問這裡有女兒的人家，誰願意自己女兒成親後過這樣的日子?!」

此話一出，周圍的人紛紛表示意見。

「當然不願意，我閨女成親是要好好過日子的，誰要讓她去別人家裡做牛做馬啊。」

「就是，自古夫妻都是舉案齊眉、相敬如賓，哪有人把妻子當傭人使喚的！」

「你這秀才莫不是走後門考上的吧？就算是我們普通商戶，也沒有誰會這般苛待妻子。」

「就是就是，我平日在外有什麼好吃的，都會想著留一點帶回去給我家裡那位，怎麼會像他那樣寧願扔掉，也不給妻子吃？」

石秀才被眾人說得臉上無光，支支吾吾半天，終究是不說話了。

在旁邊看了好一陣子的上官燕走了過來，小聲問那女人。「姊姊過得這麼辛苦，為什麼不告訴家裡人呢？」

女人苦笑了一下，說道：「嫁出去的女兒如潑出去的水，一、兩次也就罷了，訴苦的次數多了，家裡人也會厭煩，我還有弟弟，不好總是回去。」

「可……那是妳親爹娘啊，」夏瑤不解地說：「他們不心疼自己的女兒嗎？」

女人搖搖頭道：「心疼又如何？誰讓我們是女人呢……」

夏瑤看出她眼中的無奈，咬了咬嘴唇道：「對不起，姊姊，我讓妳為難了吧？」

「大不了就是不買布料，」女人嘆道：「他也不敢真的對我怎麼樣，不然誰來為他照顧母親和孩子呢？倒是要多謝姑娘妳出來說話，也讓大家看看他到底是什麼樣的人。」

那又如何？妳還不是要受苦。夏瑤沒說出這句話，只是握了握她的手道：「姊姊，妳儘量對自己好一些吧。」

回去的路上，夏瑤一直悶悶不樂的，晚秋問道：「王妃還在為剛才那位秀才夫人難過嗎？」

夏瑤嘆了口氣道：「為什麼女人這麼苦呢？那個姊姊明明家境不錯，若是男人，說不定比石秀才更優秀，只因為是女子，就要被困於後院，連買點新布料都不能自己做主。」

「女子成了親以後就要以夫為天，自然不能隨意做主啊。」晚秋說道。

夏瑤更不高興了，說道：「我也成親了啊。」

一直在旁邊聆聽的望月開口道：「王爺不是那樣的人，不會苛待王妃的。」

「難道我的人生幸不幸福，就只能依託在王爺的人品是不是可靠上嗎？」夏瑤不滿地皺眉道：「萬一哪天他變了，我也拿他沒辦法啊。」

晚秋見她越想越傷心，突然福至心靈地問道：「王妃，您是不是癸水快來了？」

夏瑤一愣，想起這是個沒有衛生棉的時代，頓時悲從中來，「哇」的一聲哭了起來。

第七章　不平之鳴

王妃出門逛個街，居然哭著回來，一時之間全府上下的人都知道了，沈世安一邊從竹林那裡往回趕，一邊聽望月匯報今天發生的事，走到夏瑤院子裡的時候，已經大致明白是怎麼回事了。

沈世安敲了敲夏瑤的房門，問道：「王妃，我能進去嗎？」

裡面傳出帶著哭腔的一句。「不行！」

沈世安不理會，還是推開門進去了。

夏瑤正坐在床邊抹眼淚，見他進門嚇了一跳，想用被子把自己哭得亂七八糟的臉遮起來，剛伸出手，就想起他看不見，便放心下來，用帕子擦了擦眼睛道：「不是讓王爺不要進來嗎？」

她聲音裡還帶著未停下的抽噎，沈世安無奈道：「王妃這麼傷心，不進來安慰，豈不是坐實了我不是值得信賴的夫君？」

夏瑤揉了揉鼻子說：「我不是說你，我只是不平，為什麼男子即使出身貧窮，也能自力更生，女子卻只能安於後院，依附男子為生？」

這問題過於深奧了，沈世安想了想，說道：「像石秀才那樣的男子還是很少見的，大部分男子都會尊重自己的妻子，不會如此苛待對方。」

「但那還是不一樣的，不是嗎？」夏瑤說道：「比如你我之間，若是王爺以後遇到喜歡的人，就會把我休掉重新娶一個王妃，等我回家了，別人肯定會說我是成過親的女人，爹娘也會嫌棄我；王爺就不一樣了，你是男人，換幾個妻子別人也不會說你的！」

房間裡沒別人，沈世安只能自己摸索著在她床邊的椅子上坐下，回道：「王妃怎麼會想到這些亂七八糟的事情，我不會休掉妳的。」

「那就更不行了，我占著你正妃的位置，你喜歡的姑娘就不能做正妃，對她太不公平了，你還是把我休掉吧！」

沈世安嘆了口氣道：「那這樣如何，我給妳立個字據，妳收好，若是哪天我娶了其他女子，或是想要休棄妳，妳可以把它張貼在京城大街小巷的布告欄，讓世人知道是我的錯，不能怪妳。」

夏瑤被他這話嚇得都忘了哭，打了個哭嗝道：「倒、倒也不必做得這麼絕。」

「妳為什麼總覺得我會喜歡別人呢？」沈世安說道：「我既然和妳成了親，就不會喜歡其他女子。」

「可是……情感是控制不了的吧？」夏瑤問道。

「為何不能？」沈世安很難理解她的想法。

剛剛因為奇怪的原因而崩潰大哭的夏瑤摸了摸鼻子，覺得這件事其實挺難的。

「等一下。」她想了一會兒，突然反應過來。「我們剛才討論的明明不是這個問題！」

沈世安沈默了。

「你是故意岔開話題的是不是?!」夏瑤對著他咬牙，想到他看不見，又放棄了，說道：「你就是不想和我討論這個問題，明明大家都是十月懷胎被生下來的，為什麼出生之後的差別這麼大？」

沈世安嘆道：「不是我不想和妳討論，其實這個問題，我很小的時候就和皇姊討論過了。」

「皇姊？」夏瑤有些驚訝。

「嗯，那時候父皇還很健康，總是來後宮看我們，有一天皇姊就和他說，她長大了想要做大將軍。」沈世安說道：「父皇卻說，女子怎麼能做將軍。」

夏瑤想到那個一身紅衣、英姿颯爽的身影，問道：「那後來呢？」

「後來……皇姊和我聊了心中的不忿許久，最終還是放棄了，好在她如今的夫君是兵部尚書的長子，家中也有演練場，她對我說，這也算是圓了一點大將軍夢吧。」沈世安說道。

先皇子嗣不多，沈玉又是他唯一的女兒，如此尊貴的身分都只能藉由成親這條路才能勉強碰觸自己的夢，更別說其他女子了。

「所以我沒有和妳繼續討論這個問題，」沈世安說道：「這涉及太多難處了，等妳情緒好一些再說比較好。」

夏瑤想要反駁他，可再一想，也覺得現在討論的話她大概又會崩潰，便妥協地點點頭道：「好吧，那就下次再聊。」

「我回去立字據給妳。」沈世安站起身，又不放心地問道：「妳不會再哭了吧？」

夏瑤愣了，說道：「你還真的要立字據啊？」

原以為沈世安只是隨口說說的，沒想到晚飯之前他真的將字據拿來了，還有一張「莊子所有人」轉讓書契。

「這是什麼意思？」夏瑤拿起書契看了看，問道：「又是哪裡的莊子？」

「就是我上次跟妳提起的城郊莊子，我想了想，覺得妳說得有道理，既然結為夫妻，家中的東西和收入就不該是我一個人的，我雖然無法讓別人都這麼做，但至少自己可以做到。」沈世安認真道。

其實夏瑤算是小富婆，夏丞相怕她受委屈，嫁妝給得很多，丞相夫人還將自己名下的店鋪轉讓給她幾間，每個月入賬不少，但看到書契上莊子的月收入時，她還是有些驚訝。「這、這些錢……」

「如何？」沈世安說道：「這樣妳便不是依附我生活了，即使和離，這莊子還是妳的。」

夏瑤皺皺鼻子說：「怎麼感覺好像是我無理取鬧哭了一番，就為了騙你錢呢？我又不是在向你要東西。」

「如果妳不想要的話……」沈世安伸手想拿回書契。

夏瑤將書契和字據一把抱在了自己懷裡道：「給了我，你還想要回去？」

她又看了看書契，心想這王爺怕是生性單純，一輩子沒人敢騙他的東西，所以隨便哄一哄就給人了，幸虧她不是壞人，先幫忙保管吧。

「以後我會養你的，」夏瑤收好書契，財大氣粗地道：「沒錢就向我要。」

沈世安依舊笑得溫和，回道：「好，那以後就拜託王妃了。」

夏瑤沒有糾結很久，男女不平等的問題即使在她所處的現代也尚未完全解決，更別說現在還是允許三妻四妾的古代了，這不是一蹴而就的事情。

將手裡的字據和書契交給晚秋收妥，夏瑤心情好了起來，問道：「大廚房準備了什麼晚餐？」

「阮師傅說聽您吩咐。」小環回答道。

「那讓他們不用做了，我出門前燉的雞湯應該好了吧？去大廚房拿些麵條和豆腐來，晚上吃雞湯麵和油炸豆腐怎麼樣？」夏瑤問沈世安。

她已經做了幾頓飯，手藝也得到所有人的認可，聽她這麼說，沈世安點點頭道：「可以，聽妳的。」

夏瑤進了廚房，拿起從大廚房送來的豆腐估算了一下大小，隨後切成正方形小塊，待油溫升高後，小心地將豆腐放進油鍋裡。

她一邊炸豆腐，一邊指導身旁的廚娘們。「妳們看，豆腐炸到這樣有些泛黃的時候就可以撈出來，等油溫降低一些，再放進去重新炸一次，炸到金黃色，這樣吃起來就會特別酥，裡面的油分也會少一些，不容易膩。」

廚娘們已經跟著她學了不少菜，早把這位年輕的王妃當成廚神了，一個個聽得聚精會神，不住地點頭。

夏瑤將炸好的豆腐放在一旁瀝油，又拿了兩個大碗，走到一邊打開砂鍋的蓋子。

雞湯上的油早已撈乾淨了，鍋裡的湯清澈透亮，因為沒再加水，湯底濃郁鮮香，雞肉燉得軟爛，輕輕一碰，肉和骨頭就分開了。

夏瑤在兩只碗中各放了小半碗雞湯和一隻雞腿，沈世安不方便吃骨頭，她便去除雞腿的骨頭，多加幾塊雞肉給他。

麵條只需要清水加一點鹽煮熟，直接撈進雞湯就行，夏瑤看了看略顯簡單的雞湯麵，又燙了幾根小白菜鋪在上面——可惜番茄還沒長出來，不然燙幾顆番茄放進去，味道肯定更好。

下麵條的速度快得很，她這邊兩碗麵條下好了，那邊的油炸豆腐還燙著呢，夏瑤將豆腐放到碗裡，淋了些醬油，便叫人端出去了。

麵條用的是細麵，很容易附上湯汁，麵條裹著湯汁一口吸入嘴裡，鮮美異常；雞肉軟爛入味，滿是肉香；青菜爽脆清甜，咬得咔嚓咔嚓作響，夏瑤吃得很是過癮。

見沈世安光顧著吃麵條，夏瑤挾了兩塊油炸豆腐放到他面前的碟子裡，道：「王爺嚐嚐這個，小心燙。」

沈世安挾起油炸豆腐小心咬了一口——外層被炸得酥脆，裡面還有些微燙，但是又嫩得很，配上增添風味的醬油，在舌尖上一滾就下了肚子。

初春天氣還有些微涼，吃完麵條和油炸豆腐，只覺得渾身暖乎乎的，格外舒服。

夏瑤吃完麵，把湯也喝了個乾淨，呼了一口氣道：「這才是生活啊！」

感慨不已的夏瑤不小心又吃撐了，拉著沈世安去外面散步，如今他已經很習慣和她邊散步邊聊天了，遂自然地問道：「妳今天逛街買到什麼好東西了嗎？」

「買了些首飾、半疋布料，還有書。」夏瑤喜孜孜地說道：「首飾一般，不過挺別緻的，布料我打算拿來裁夏衣。」

「妳喜歡看書？」沈世安問她。「要不要去我書房看看？」

「咦？我可以去嗎？」夏瑤有些驚訝，她一直覺得古代書房是挺隱秘的地方，不會隨意讓人進去。

沈世安笑道：「我早說過，府中任何地方妳都可以去。」

原來王爺是個沒什麼秘密的人啊，看來她失去了在王府探秘的樂趣……夏瑤一邊想，一邊跟著沈世安進了書房。

夏瑤原以為書房就是放了書桌和椅子的房間，最多有一排書櫃，可進了門才知道，沈世安的書房和她想像的完全不同。

一進門，先是一處有些像會議廳的地方，一張大桌子擺在正中央，邊上有好幾張椅子；再往裡面，是被屏風隔開的書桌，靠窗有一張貴妃榻，看起來挺舒服的。

沈世安道：「以後若是要看書，直接來這裡就行。」

夏瑤立即不客氣地到貴妃榻上試坐了一下，滿意地點點頭說：「這個我喜歡！」

「走吧，帶妳去看看書。」沈世安推開後面的門，夏瑤跟著他走進去，頓時愣在當場。

這哪是書房啊，根本是小型圖書館吧？書架就有好幾排，上面整齊地放滿了各類書籍，沈世安隨意地為她介紹起架子上分別是什麼書。

「王爺，這些書的內容你都記下來了？」夏瑤問他。

「差不多，有些看的次數多一些，就記下來了；有些只看過一遍，記得不是很清楚。」沈世安說道。

聽聽，這說的是人話嗎?!

仙人有別、仙人有別……夏瑤安慰自己，隨即在書房裡逛了起來。

「啊，這裡有大勵律法！」夏瑤驚喜道：「書店都買不到呢！」

「妳對律法感興趣？」沈世安驚訝道。

「我對什麼都感興趣。」夏瑤伸出手指數了數，說道：「好多冊，感覺看完要很久。」

「可以慢慢看，我平時不常在這裡待著，要看書自己過來就行。」沈世安說道。

想到沈世安的眼睛，夏瑤吞回自己差點問出口的「為什麼你不常在書房待著」這句話。

在書架周圍轉了一圈，夏瑤疑惑道：「這裡好像沒有消遣的書？」

「消遣的書？」沈世安想了想，回道：「有啊，第三排第四層架子上。」

夏瑤照著他說的找了找，成功找到一整排《百穀譜》、《種植之道》、《練兵實紀》與《陣法》之類的書，一看書名就知道是什麼內容。

此時夏瑤突然想到後花園裡那個像是試驗農田一般的種植基地。沈世安不僅將農業書籍當作消遣，還能學以致用，她面前這位果真是傳說中的「學霸」啊。

不過夏瑤只是個普通人，實在無法看專業書籍「打發時間」，她想了想，問道：「沒有那種有趣的書嗎？比如民間傳說、傳奇冒險或是修仙證道之類的？」

「學霸」露出了疑惑的表情反問道：「什麼？」

莫非這個時代不僅東西難吃，連嚇小孩的狼外婆故事都沒有？她很小的時候就聽過媽媽講野人婆婆的故事給她聽呢……

夏瑤心想：唉，這些人怎麼一點想像力都沒有？

每天看看書、做做飯，然後送下午茶給沈世安，順便看他練一會兒劍，夏瑤覺得自己彷彿過起了退休生活，既愜意又安穩。

然而，這般平靜的日子在兩天後宣告破滅——她來癸水了。

夏瑤上輩子雖然過得辛苦了些，但是身體非常健康，很少生病，每次例假的時候除了麻煩一點，倒是沒有其他狀況，萬萬沒想到第一次在古代體驗來癸水的感覺，竟然是這麼疼。

「王妃，您覺得怎麼樣了？」晚秋蹲在她床邊擔憂地問道。

夏瑤從被子裡露出一張慘白的小臉，有氣無力道：「別和我說話，我已經死了。」

「哎呀，亂說話！」晚秋趕緊拍了一下床板道：「童言無忌、童言無忌！」

其實夏瑤前世也見過同學疼得要請假的樣子，不過好在現代有止痛藥，實在受不了的時候還有布洛芬可以救命，然而她人在古代，只能靠自己撐過去。

「王妃，」小環掀開內室的簾子說：「王爺來了。」

「怎麼了？聽下人說妳病了？」沈世安被望月扶著快步走了進來，有些擔憂地說道：「請太醫了嗎？」

「不用請啦，每個月都會疼的。」夏瑤虛弱地回道：「過幾天就好了。」

「每個月都會疼？」沈世安有些驚訝，問道：「是因為妳的病嗎？還有這樣的症狀？」

「哎呀，不是……」夏瑤發現和他聊天轉移注意力，好像能緩解自己的疼痛，便說：「王爺坐過來，太遠了我不好和你說話。」

她的聲音聽起來格外虛弱，沈世安不由得有些擔心，便直接坐到了床邊，夏瑤翻身坐起來，輕聲在他耳邊解釋了一番。

沈世安先是有些茫然，隨即反應過來，「啊」了一聲之後耳朵就紅了。

夏瑤覺得他的反應很有趣，問道：「你知道癸水？」

沈世安紅著耳朵，小聲道：「成親之前，宮裡的嬤嬤和我說過一次。」他又有些疑惑地說：「但她沒有說會痛啊。」

「不是每個人都會痛的，大部分的人應該不痛。」夏瑤說道：「我比較倒楣罷了。」

沈世安眉頭微微蹙起，他耳朵還紅著，卻一本正經地說道：「既然大部分人是不痛的，就說明不該痛，不能用一句『倒楣』來解釋，還是請太醫來看看吧，即便治不好，說不定也有緩解的辦法。」

夏瑤痛得腦子裡一團亂，又被眼前的「美色」迷惑，一時忘了要隱瞞自己身體好了這件事，贊同道：「那就看看吧。」

第八章 愧上心頭

太醫來得很快，是個四十多歲的中年人，對夏瑤來說倒是避免了一些尷尬。

把過脈，又仔細詢問了症狀之後，太醫點點頭，神色輕鬆道：「無妨，瑞王妃是之前身體太弱，又有些氣血不足，現在身體狀況已經改善，只要注意調理，這種症狀會逐漸減輕，過兩年就不會再痛了。」

夏瑤聽他這麼說，先是心裡一喜，隨即反應過來，和晚秋對視了一眼，同時從對方眼中看到了驚慌。

沈世安微微皺了皺眉，問道：「王妃的身體狀況轉好了？」

「是，瑞王妃幼時下官曾經為她治療過，相比當初，如今身體不只好了許多，病根也已經除了，只要好好養一段時間，就可以和常人一樣。」太醫敬業地回答。

夏瑤一時之間連肚子都不太疼了，緊張地觀察沈世安的反應，怕他發怒。

豈料沈世安只是平靜地點了點頭，問道：「那現在肚子疼可有什麼辦法？」

太醫想了想，回道：「雖不可能立即根治，不過倒是能緩解一下，下官開個方子吧。」

開好方子以後，太醫就離開了，夏瑤示意晚秋先出去，等房間裡只剩他們兩個人了，她便開口道：「我不是故意瞞著你的。」

沈世安看起來極其冷靜，只道：「恢復健康是好事，為什麼不告訴我？」

夏瑤咬了咬下唇，思考該怎麼說才能不傷害他。

「皇兄也知道了？」沈世安追問道。

夏瑤輕輕「嗯」了一聲。

「你們都覺得不該告訴我。」沈世安苦笑了一下，問道：「為什麼？」

夏瑤小心翼翼地說道：「陛下，他擔心你會心急。」

「心急？若是兩年前，我還會心急，但現在……」沈世安搖搖頭，又問道：「那王妃呢？妳也不希望我知道，是怕我嫉妒嗎？」

「不是。」夏瑤頓了頓，小聲道：「我只是內疚。」

「內疚？」沈世安覺得自己今天的疑問特別多，說道：「為什麼會內疚？又不是妳害我失明的，莫非相爺使了什麼計謀？」

夏瑤問道：「王爺有沒有聽過『倖存者內疚』？」

「倖存者……內疚？」

「嗯，比如在戰場上，若是有很多士兵犧牲了，倖存的士兵非但不會慶幸，反而會感到內疚，甚至希望自己同樣犧牲了。」夏瑤解釋道：「就像我和你，我們兩人是為了同一個目標成親的，如今我康復了，你卻沒有。」

這說法有些新鮮……沈世安稍微思考了一下才理解了她的意思，說道：「所以妳覺得我們是同一個戰場上的士兵，妳先我一步康復了，覺得對不起我？」

夏瑤心虛地應了一聲。

沈世安沈默了半晌，說道：「妳傻嗎？」

夏瑤一頭霧水，心想：怎麼突然被罵？

「太醫從前為妳醫治的時候，曾說妳活不過二十歲，我和妳的情況難道一樣嗎？我頂多就是這輩子都看不見而已。」沈世安說道：「所以沒什麼好愧疚的，就算那道長的話只有一半是真的，最後只能救妳一個，那也是天大的好事。」

丞相夫人在夏瑤身體變好之後就去道觀還願，自然也問了沈世安的事，那道長只說了一句「緣分未到」，就什麼都不肯說了。

「道長說的是對我們兩人都有好處，既然我好了，王爺自然也會好的。」夏瑤說道：「你別難過。」

「我失明之後，整整一年的時間，皇兄用盡各種方法為我治療，針灸、服藥、求神拜佛……」沈世安說道：「沒有一次是成功的，所以我早就……不會因為這個難過了。」

他看來似乎真的不放在心上，甚至勸夏瑤睡一會兒，因為藥湯還要很久才會送來。

夏瑤一時也不知道該說什麼，安靜躺著卻又睡不著，過了好一會兒之後，突然聽見沈世安輕輕嘆息了一聲。

她抬眼望去，只見剛剛一臉不在乎的沈世安，臉上是全然的失落與茫然，他閉著眼坐了一會兒，眼角落下一滴淚來，隨即像是要掩飾什麼似的，被他迅速用手指拭去了。他調整了一下神情，恢復了平日的模樣，起身小心地走出了房間。

夏瑤意識到他是以為自己睡著了，才在所有人都看不見的時候流露出了片刻的脆弱……她轉身蜷縮起來，喉頭有些發緊。

到底還是傷到他了。

太醫開的藥的確有效，喝過後沒多久，疼痛就緩解了許多，幾天之後，夏瑤又恢復成活蹦亂跳的樣子。

那天的事兩個人都有默契地不再提起，然而沈世安那一滴眼淚彷彿是落進了夏瑤的心裡，讓她好幾天都忘不掉。

找時間去拜訪一下那位道長吧，她身為當事人，說不定能問出點什麼來……夏瑤邊看著廚娘揉麵團邊想著。

「王妃，這樣行了嗎？」廚娘打斷了她的思緒。

夏瑤低頭捏下了一塊麵團，順利地拉出一個手套膜，她滿意地點點頭道：「可以了，把我調好的豆沙拿過來吧。」

自從發現這裡有烤爐之後，夏瑤就躍躍欲試地想要做各種餅乾、蛋糕和麵包，這回她打算先做個豆沙餐包試試手。

這是夏瑤以前常做的，用牛奶代替水來揉麵團，充滿奶香味的柔軟麵包裡包裹著香甜綿軟的豆沙餡，做一大盒就能當好幾天的早餐，既好吃又方便。

大廚房的人已經習慣王妃帶著奇奇怪怪的東西來使用烤爐，這會兒見她過來，一群人不禁偷偷往她身後瞄去，待看清楚廚娘手中捧著的托盤時，阮師傅錯愕道：「王妃今天做了饅頭？」

麵包還沒烤，開口又朝下收，一個個白生生、圓乎乎的，就像大白饅頭。

夏瑤指揮著廚娘將麵包放進烤爐，搖搖頭說：「不是，是麵包。」

「麵包」又是什麼？看起來倒像是烤饅頭……大廚房的人一邊做著自己的事，一邊好奇地打量。

麵包烤起來很快，一刻鐘不到，大廚房裡所有人都開始深深呼吸著這裡的空氣。

「好香啊！」

「是烤爐裡頭那東西的味道？」

「肯定不是饅頭，饅頭可沒有這麼香！」

「不愧是王妃，怎麼那些普普通通的食材到了她手裡，就能做出不一樣的東西來呢？」

夏瑤讓人把麵包從烤爐中取出來，烤過的麵包較原來的稍微膨脹了一些，上頭一層烤得上了色，因為塗了蛋黃液，顯得金黃油亮，中間點綴著幾粒黑芝麻，一個個整齊地排在盤子裡，圓頭圓腦，看起來相當可愛。

等麵包稍微涼一點之後，夏瑤拿了一個起來，麵包柔軟得像是棉花糖似的，一撕開，裡面是滿滿的深紅色豆沙餡，微微泛著油光，甜香撲鼻。

夏瑤把麵包分成兩半，其中一半給了阮師傅，說道：「你嚐嚐。」

阮師傅受寵若驚，以往王妃可從來沒讓他試吃過東西，他趕緊用雙手接過麵包，恭敬道：「謝王妃賞賜。」

夏瑤不在意地將另外半個給了自己帶來的廚娘，說道：「你們都記住這味道。金師傅，妳剛剛跟著我做過一次了，稍後我會把方子拿過來，你們兩人共同研究一下怎麼做。」

這是要比較他們的廚藝了。金師傅是夏瑤院子裡最有天賦的一位廚娘，阮師傅看了她一眼，見她眼中滿滿的鬥志，不由得心頭一緊。若是他連這位廚娘也比不過，那他王府廚房總管的位置，怕是保不住了。

設下考核指標的夏瑤帶著人往回走，喜孜孜地想著：有競爭就有動力，相信過不了多久，她每頓飯都不用自己動手，就能吃上美味的飯食了。

看著王妃走遠，大廚房的人一擁而上圍著阮師傅，有人催促道：「師傅，快嚐嚐是什麼味道，我還從沒見過這個叫『麵包』的東西呢！」

阮師傅神色凝重地低頭咬了手裡的豆沙餐包一口——外層的麵包柔軟蓬鬆，帶著濃濃的奶香，裡面的餡料顯然是豆沙，但是比他以往吃的豆沙更為細膩柔滑，香甜不膩。麵包雖然鬆軟，卻微微有些嚼勁，和裡頭的豆沙餡特別相配。

「怎麼樣怎麼樣？好吃嗎？」

「師傅，您倒是說話啊！」

其他人看起來比阮師傅還要激動，紛紛問道。

阮師傅嚥下嘴裡的麵包，讚道：「好吃，這是我這輩子吃過最好吃的點心！」

夏瑤沒聽到這句話，不然大概會回他說「好吃的點心還多著呢，這才到哪兒啊」，不過這會兒，她正急著帶人送下午茶去給沈世安。

夏瑤現在的生活非常規律，早上用完膳就去沈世安的書房看書；中午有心情的話就自己做午飯，若是懶得做，就吃大廚房送來的。阮師傅已經學了好幾道她的食譜，做起吃的也沒有那麼讓人難以下嚥了。

睡過午覺後，夏瑤就起來做些小點心，然後去竹林觀賞沈世安練劍，再和他一起吃個下午茶，隨後要麼做晚飯，要麼就去街上逛逛，愜意得很。

飛星早已習慣夏瑤每天出現，見她過來，無聲地行了禮，夏瑤點點頭，坐到旁邊等著。

沈世安練完劍，被飛星扶著走到桌邊坐下，問道：「今天有什麼點心？」

「奶茶和豆沙餐包。」夏瑤拿了個麵包放到他面前。

沈世安端起杯子品了一口茶，說道：「是紅茶？」

「嗯，前幾天出門看到有人在賣，就買了一些。」夏瑤說道。

現今大部分人喝的是綠茶，紅茶較為少見，夏瑤看到店裡有貨就趕緊買了。

「這奶茶倒是不錯。」沈世安說道：「莊子上也有紅茶，不過因我以往不喝，都是送到宮裡的，妳若是喜歡，以後叫他們也送一份過來。」

莊子上的紅茶肯定比外面賣的好！夏瑤歡喜地應了一聲，又說道：「奶茶裡還可以加糖，不過今天的點心是甜的，我就沒有額外加糖，王爺嚐嚐點心吧。」

沈世安拿起麵包咬了一口，嚥下去之後點點頭說道：「果然相配，奶茶若是甜的，就太膩了。」

吃過晚飯，夏瑤依舊扶著沈世安散步，像是想到什麼，她突然問道：「王爺似乎一直沒出過王府？」

沈世安回道：「不是去過宮裡，還有妳家嗎？」

「不是，我是說出門轉轉。」夏瑤說道：「像是參加聚會，或者逛街？」

沈世安笑了笑，說道：「我又看不見，去哪裡都要人扶著，沒什麼好逛的。」

夏瑤沈默下來。也是，現在又不像後世一樣有導盲磚或導盲犬，他一個大男人到哪裡都要人扶著，的確很不方便……

接下來的幾天，沈世安發現夏瑤似乎變得特別忙碌，連點心也是廚娘做好送過來的。他問了幾次，夏瑤卻不肯說，搞得他練劍時都有些心不在焉起來。

被惦記著的夏瑤這會兒正在府中的木匠這裡，她和木匠師傅兩個人研究了好幾天，才終於做出一根導盲杖。

後世的導盲杖比較輕便，因為需要一直拿在手中敲打地面，太重的話會很費力，但如今沒有那類材料，只能儘量做得稱手一些，幸好沈世安是習武之人，重一點應該沒問題。

導盲杖一頭打磨得適合手握，另一頭的頂端則裹上軟布，好減輕敲擊的聲音，避免尷尬。畢竟導盲杖只是為了避開障礙物，若是不斷敲出聲音來，聽久了還是挺讓人煩躁的。

忙活了一段時間，總算是做出樣子好看的導盲杖來。杖身用的是深色硬質的木材，浸泡染色後變成純黑色的，削出形狀後打磨光滑。夏瑤參考前世看過的《哈利波特》中魯休斯・馬份的手杖，用純銀做杖頭，在上面雕刻代表皇族的花紋，邊上還鑲了一圈細碎的翡翠；杖身上端稍粗一些，往下收細，木匠還在杖身上雕刻了不顯眼的暗紋，完成後看起來和藝術品不相上下。

夏瑤拿著成品試了試，個子矮的她，只能抓著導盲杖中上部的地方，蒙上眼睛試探性地走了幾段路。整體感覺還行，平坦的路面上走起來比較順暢，若是遇到臺階，走得慢一些也能上去，雖然還是不方便，但只要稍微練習一下，就不用老是讓人扶著走了。

睜開眼睛，夏瑤回到木匠屋前，有些糾結地看著手裡的導盲杖。

「王妃不趕快給王爺送去嗎？」木匠師傅問道。

夏瑤猶豫道：「王爺會不會覺得我多事？」

木匠師傅爽朗地笑道：「怎麼會？王妃如此體貼周到地為王爺考慮，親自設計這手杖，王爺只會覺得高興。」

也是，做都做了……夏瑤心想，總要給他試試。

這會兒正是下午，夏瑤拿著手杖去了竹林，沈世安果然在練劍，她剛剛走過去，沈世安便停了下來，朝著入口處歪了歪頭問道：「王妃來了？」

「咦？你聽見了？」夏瑤有些緊張地說：「王爺繼續練，我可以等。」

沈世安搖搖頭，把手中的劍交給在一旁等著的飛星，說：「我覺得王妃有事找我。」

這人也太敏銳了吧？夏瑤忐忑不安地將手杖藏在身後，走到沈世安旁邊說道：「那個……我給你做了個東西，你要是不喜歡的話別生氣，扔掉就行了。」

沈世安挑了挑眉，伸出手道：「妳總得先告訴我是什麼東西吧？」

夏瑤小心地將手杖放到他手裡道：「我給你做了根手杖。」

沈世安仔細地摸起了手杖，抵達銀製的把手處時，他動作慢了下來，問道：「雕了皇室的花紋？」

「嗯，」夏瑤向他介紹道：「上面的金屬是純銀的，這裡鑲的是一圈翡翠，杖身是純黑色的，我請師傅雕了暗紋，看起來精緻一點，但不浮誇。」

沈世安認真地摸了摸杖身，上頭果然有一些不明顯的紋路，接著他的手指碰到了底部的軟布。

「這樣比較不容易出聲音，也可以防滑。」夏瑤說道。

沈世安是多麼聰明的一個人，稍微思考一下就知道這手杖的用處，問道：「所以這其實是引路杖？妳這幾天就是在忙這個？」

「嗯，」夏瑤又緊張起來，說道：「如果你不想用的話也沒關係……」

「我會用的。」沈世安打斷她。「謝謝妳。」

「咦？」夏瑤微微一愣。按照沈世安傲嬌的個性，她原本以為他會覺得用這個有些丟臉。

沈世安將手杖撐在地上，輕撫把手上的花紋說：「妳是第一個在我說讓人扶著走路不方便之後，想辦法讓我可以自己走的。」他低下頭道：「其他人總是說『你是王爺，身邊跟著人不是正常的嗎』。」

原來是這樣……夏瑤眨了眨眼睛，心底的顧慮一掃而空，她拉過他的手道：「那我現在教你怎麼用這手杖吧！」

第九章　胸懷天下

「你看，走的時候用軟布包的那一頭斜著連續敲打地面，確定要走的這段路沒有障礙物。」夏瑤扶著他的手示範道：「敲到不同材質的地面，感覺會不一樣，這是磚地，這是草地，手杖要放低一些，不然很可能碰不到小臺階或者石頭，走過去會被絆到。」

夏瑤陪著他在竹林走了一圈，沈世安臉上滿是拿到新玩具的雀躍，說道：「我自己走一下試試。」

「好，」夏瑤放開他的手說：「慢一點喔。」

沈世安本就有功夫在身，聽力和感知都極為敏銳，不過片刻就熟練了手杖的用法，隨後開始像個掃地機器人似的，四處探索新區域。

「等一下王爺，別鑽進林子！」

「誒那是荷花池！你不能去邊上！」

「別把手杖當玩具，一會兒敲斷了！」

夏瑤跟在沈世安後面絮絮叨叨的，感覺自己像個幼教老師，難怪沈玉說他小時候皮得沒邊，時不時就要出動整個皇宮的太監跟宮女去各種犄角旮旯裡找他。

氣喘吁吁的夏瑤扶著腰，在心中嘆道：這話我信了。

飛星有些看不過去地走過來說：「王妃不用這麼擔心，王爺心裡有數，他畢竟習武多年了。」

話音未落，沈世安就在一旁的桃花園喊道：「飛星！飛星！快來，我被卡住了！」

夏瑤對著飛星挑了挑眉道：「有數？」

飛星一臉尷尬，心想：我現在收回那句話還來得及嗎？

夏瑤跟著飛星走到桃花園，解救了被桃樹樹枝勾住的沈世安。

「咦？桃花開了啊。」夏瑤抬頭看到滿眼的粉色，欣喜道。

「有桃花？」沈世安問著，朝身旁的樹枝伸出手摸索。

「你小心一點。」夏瑤摘了一朵桃花放到沈世安手上，看著他小心地摸了摸那朵桃花，接著朝他問：「做桃花酒和桃花酥怎麼樣？」

沈世安因為無法看見桃花而升起的失落被她打斷了，笑道：「妳怎麼什麼都能想到吃的上面？」

夏瑤伸手又摘了幾朵桃花道：「那你吃不吃？」

沈世安果斷地點了點頭說：「吃。」

桃花酒需要幾天的時間發酵，步驟其實和做米酒一樣，只是在裡面另外加入洗淨曬乾的桃花瓣和糯米一起蒸熟，再放入陶罐中加酒麴發酵。這樣做出來的桃花酒，顏色微微泛著透明的粉白，除了米酒的香氣之外，還有股淡淡的桃花香。

桃花酥的作法稍微複雜一點，光是外面的皮就要做兩層，夏瑤用桃花汁液為外層的酥皮染色，裡面的餡料則是用蓮蓉。

粉色的酥皮包裹住淺黃色蓮蓉餡，揉圓後再壓成餅狀，隨後用刀劃出五道口子，再捏出花瓣的形狀，中間則用蛋黃和黑芝麻點出花蕊。

烤之前還看不出來，等到烤好的桃花酥從烤爐裡拿出來，所有人都發出了驚嘆——桃花酥的花瓣微微膨脹，泛著和桃花一模一樣的粉白色，中間的蛋黃烤熟後顏色變深，像是真的花蕊似的，一朵一朵盛開在烤盤裡。

這會兒其他人看夏瑤的眼神就跟瞧著神仙沒兩樣，阮師傅激動道：「真想不到點心可以做得這般好看，這讓人怎麼忍心吃掉啊！」

「做吃的本來就講究色香味，色也是其中一項啊。」夏瑤說著，拿起桃花酥掰了一塊嚐嚐味道——外皮酥香，豬油在烤製後散發一種特別勾人的香氣，蓮蓉餡細膩清甜，吃起來甜而不膩，算是挺成功的。

桃花酥的成果實在過於驚人，不到一個時辰，王府裡幾乎所有人都知道王妃將點心做成了桃花的模樣，夏瑤端著桃花酒和桃花酥去竹林的時候，沈世安已經提前知道她今天拿什麼來了。

「桃花酥？」他和以往一樣在桌邊坐下，問道。

「嗯，還有之前釀的桃花酒，今天可以喝了。」夏瑤在他面前放了只白瓷小酒杯，倒入剛過濾出來的桃花酒，淺粉色的酒液在瓷白色的杯中輕輕盪漾了一下，看起來格外誘人。

「是不是很好看？」沈世安問道。

夏瑤應道：「桃花酒裡加了花瓣，所以釀出來是粉色的。」

「剛才聽他們說，桃花酥也很好看。」沈世安拿起桃花酥，小心地掰了一塊花瓣下來放入口中，掩飾自己一瞬間的失落，讚道：「味道不錯。」

夏瑤體貼地假裝沒注意到他的表情，端起自己面前的小酒杯抿了一口。看來見道長的事，得趕緊安排了。

「酒好喝嗎？要不要也送一點給宮裡和皇姊？」夏瑤問道。「上回皇嫂與淑太妃送了我好多東西呢。」

「好啊，妳做的她們肯定喜歡。」沈世安說道：「我明日安排人送去。」

「那我再叫人多做點桃花酥，配這酒剛剛好。」夏瑤又說道：「我明日回一趟相府，想給我娘也送一點。」

沈世安向來不管她去哪兒，問道：「要我陪妳去嗎？」

「王爺明天有空？」

「嗯，我沒什麼事。」沈世安摸了摸桌邊的手杖道：「一起去吧。」

「這兩份是送去宮裡的，這份送去長公主府上。」夏瑤吩咐道。

第二天早晨一起床，夏瑤便帶著人將桃花酒過濾裝瓶。用來裝酒的是淺粉色的陶瓷酒壺，是夏瑤前段時間釀酒時讓府中做瓷器的師傅燒的，壺身小巧、圓滾滾的，看著很是精緻。

食盒底層放了六個小酒壺，上面一層則放上桃花酥，夏瑤檢查了一遍，見沒有問題，便朝著沈世安派來的管事點點頭，讓他拿著出去了。

這邊剛處理好，金師傅便走過來說道：「王妃，您要的雞蛋和蝦泥已經備好了。」

夏瑤應聲去了廚房。昨天莊子上送了新鮮的蝦來，夏瑤覺得不錯，便讓廚娘早上去掉蝦殼後用檸檬片醃了一會兒去腥，之後剁成細細的蝦泥。

雞蛋打散，加入細鹽，在鍋裡攤成圓圓的蛋餅，隨後將調好味道的蝦泥均勻塗抹在蛋餅上，捲起來上鍋蒸熟，再拿出來切成約三指寬的鮮蝦蛋捲，豎起來擺在盤子裡。

鮮蝦蛋捲切好，豆漿也煮好了。夏瑤的豆漿用了黃豆、花生和紅棗，磨成漿後加水過濾，上鍋煮熟。紅棗很甜，煮好的豆漿不用再額外加糖就很好喝，還有股花生特有的油脂香。

沈世安如今已經很習慣早上來她院子裡等用早膳，夏瑤將豆漿和鮮蝦蛋捲放到桌上，先為他挾了兩塊，自己也吃了一塊。

新鮮的蝦子腥味很淡，加上用檸檬醃漬，入口時就只餘下蝦肉的鮮甜彈牙跟蛋香，沈世安吃了兩塊蛋捲，低頭喝了一口豆漿，問道：「裡面放了花生？」

「嗯，是不是很香？」夏瑤自己也喝了一口。花生的油脂含量多，讓豆漿的口感更加醇厚順滑。

沈世安點點頭道：「的確比單喝豆漿要好許多。」

吃過早餐，兩人上了馬車，朝著丞相府駛去。

由於昨天事先差人知會過，所以他們抵達時已經有人在門口迎著了，夏瑤被沈世安扶著下了馬車，抬頭問他。「能行嗎？」

沈世安頷首道：「我自己走。」

夏丞相和丞相夫人在屋裡收到女兒跟女婿抵達的通報，卻左等右等都沒等到人，忍不住走到外面，結果一眼就看見沈世安拿著根黑色手杖，一邊輕輕敲擊著地面，一邊朝屋子的方向走，速度雖然慢，但是走得很穩，夏瑤側身跟在他旁邊，卻沒有伸手扶他。

不明所以的丞相夫人剛要開口問是怎麼回事，卻被一旁的夏丞相攔住了，朝著她擺擺手，做了個「噓」的手勢。

丞相府雖然沒有王府大，但是裡面的路是設計過的，並非完全筆直平坦，沈世安幾次險些被凸起的鵝卵石絆倒，卻只是微微皺眉，夏瑤在旁邊問要不要幫忙，他也拒絕了。

沈世安就這樣一路有驚無險地走到會客廳，夏丞相眼中不禁露出些許讚賞的神色。夏肅向來是有什麼說什麼的直率性子，見兩人進屋坐下，便湊過去看了看沈世安的手杖，讚道：「這東西倒是做得精緻，看著也氣派。」

沈世安笑得很內斂，語氣中卻流露出一絲炫耀。「是王妃幫我做的，忙了好幾天才完成，著實辛苦王妃了。」

夏肅一聽他這語氣，覺得不妙，轉頭一瞥就瞧見自家老爹一臉似笑非笑，立即在心裡給了自己一巴掌。他這爹啥都好，但一遇到女兒的事就什麼原則分寸都沒了，他真是哪壺不開提哪壺……

果然，夏丞相立刻開口道：「小女從小聰慧過人，愛弄些新鮮玩意兒。」話中的意思是夏瑤並非特地為他做的，只是喜歡鼓搗新東西罷了。

沈世安笑了笑，說：「王妃的確聰慧，這段時間天天在府中做新奇的吃食，別說是王府了，怕是宮裡的御廚也比不上她的手藝，不過王妃說這是新添的興趣，相爺應該也沒嚐過王妃的料理吧？」

夏瑤上一次並未見證他們鬥嘴的過程，這還是第一次見識到雙方針鋒相對的場面，不由得有些詫異，小聲問丞相夫人。「這是怎麼回事？」

丞相夫人正喝茶看熱鬧，安撫道：「不用管，這兩個人但凡見面，總是要鬥上一鬥的。」

一個是宮裡的皇子，一個是朝廷的丞相，夏瑤想不出這兩個人能有什麼深仇大恨。

丞相夫人似乎是看出她的疑惑，解釋道：「王爺是宮裡最小的皇子，又天資聰穎，雖然早早便失去母親，但淑太妃和長公主對他卻極為寵愛，因此慣得他性子很是驕縱，他七歲進御書房讀書，前前後後氣壞了五、六個先生，再也沒人願意教他。後來妳爹聽說了這事，見先皇對此頭疼不已，便自請前去教導王爺幾天，自那之後王爺就收斂了幾分傲氣，也願意和先生們好好討論問題了。」

「爹爹做了什麼？」夏瑤問道。在她的觀念裡，對付七歲的小孩，要麼罰寫作業，要麼嚇唬一下，還真不知道該用什麼辦法應付這種天才兒童。

丞相夫人搖搖頭道：「妳爹爹不肯講，說是答應了王爺要保密。」看來她爹無論是前世還是這一世，都是聰明又有原則的人……夏瑤驕傲地想著，轉頭看向還在你來我往的兩人，卻發現場上的對峙狀態已經改變了。

「王爺，老夫十幾年前對您的評判，至今都沒有改變。」夏丞相說道：「幾年前您被前太子所害，老夫一直擔心您自那之後會一蹶不振，如今見您鬥志未滅，老夫頗為欣慰啊。」

他突然擺出師長的姿態說話，沈世安一時之間也不好再懟他，只好乖乖答道：「不過是看不見罷了，自然影響不到我。」

夏丞相點點頭說：「如此一來，老夫可以放心了。」

氛圍從殺氣騰騰突然變成溫情脈脈，沈世安立即招架不住，夏瑤見他有些不自在，就揮手讓人把她準備的食盒拿過來，說道：「爹爹、娘親、哥哥，這是我自己釀的桃花酒，還有早上剛做好的桃花酥，你們嚐嚐。」

這還是夏瑤第一次拿自己做的東西來，一見到漂亮的桃花酥，幾個人趕緊先誇讚夏瑤一番，待一口咬下這點心，他們頓時愣住了。

「瑤瑤，這桃花酥真是妳做的？」丞相夫人不敢置信地說：「妳是從哪裡找到這食譜的？」

「沒有食譜啊。」夏瑤自然無法說是前世做過的，只道：「我就隨便琢磨著做了一下。」

夏肅嗓門都拉高了。「『隨便』做了一下？這點心比之前陛下賞賜的味道還好，妳這一『隨便』，全天下的廚子們辛苦保護家傳食譜的功夫可都白費了！」

「其實我早就覺得，食譜不外傳這個規矩，只會讓廚師們無法提升廚藝。」夏瑤說道。

夏丞相看向她，問道：「這話怎麼說？」

「交流和互相學習，本就是提升技能的一種方式。」夏瑤拿起一塊桃花酥說：「就拿點心舉例吧，粉、油、糖的比例不同，會做出味道不一樣的東西來，每家肯定都有自己專屬的比例，若是這家酥皮做得好、那家餡料做得好，相互切磋一下，不就可以做出更美味的點心來嗎？如今你藏著你的食譜、我藏著我的方子，後面繼承的人又不敢輕易調整，只會跟著前人走，怎麼能做出更美味的食物來？」

一群人沈默了半晌之後，丞相夫人開口道：「這話是有道理，但是如今食譜如此珍貴，像御廚那樣的家族，甚至有自己的一套秘法來保護食譜，誰會願意像妳說的這樣公開交流呢？」

「我願意啊。」夏瑤說道：「我做菜的方子都記下來了，誰想學，我都會教的。」

丟完這麼一句爆炸性的話，夏瑤就說要去廚房做午飯，一溜煙跑了，夏丞相和夫人面面相覷，半晌後他說道：「這丫頭知不知道她剛剛說的話代表什麼意思？」

「王爺，這、這事您知道嗎？」夏肅詢問看起來頗為淡定的沈世安。

沈世安點點頭道：「王妃最近的確在整理食譜，不過倒是沒和我說過想要公開的事。」

夏丞相搖了搖頭說：「這丫頭還是太天真了，她要公開食譜，那些廚藝世家怎麼會讓她如願，這不是砸別人飯碗嗎？」

沈世安贊同道：「的確需要從長計議，不過如果真能讓各大廚藝世家合作，各取所長，對我們勵國肯定是件好事。」

眾人從食譜聊到了朝堂，最近天下太平，沈澈一直想要開通海運，增加與海外的貿易往來。

「這算是風險和機遇並存的一件事吧。」夏丞相說道：「保守派很是不贊同，但陛下似乎對此很感興趣。」

「皇兄向來熱衷於新事物，」沈世安說道：「而且我也覺得這是好事，就如同王妃剛剛說的，溝通和交流才是提升能力、改善成果的方式，我覺得不僅僅是廚藝，其他方面也一樣，即使有風險，也值得一試。」

夏丞相剛要表示贊同，卻突然在空氣裡聞到一股奇特的香味，忍不住吸了一口氣問：「什麼味道？」

沈世安也聞到了，淡定道：「應該是王妃的午餐準備好了。」

話音剛落，果然有下人過來通報，說是午膳已經備好，請他們移步飯廳。

夏丞相一馬當先走在前面道：「快快快，這可是囡囡第一次給我做菜，我得趕緊嚐嚐！」

第十章　想入非非

待大家坐定，夏瑤領人端著菜進來，說道：「今天時間有點緊，做得比較簡單。」

夏肅聞著四處飄散的濃烈香味，露出懷疑人生的表情問道：「這還是簡單的？」

「香酥燻魚，骨頭已經炸酥了，可以放心吃。」夏瑤介紹道：「這魚浸得越久越入味，今天浸的時間短了些，我另外做了一盤讓人放在冷庫了，明日拿出來吃，味道更好。」

一旁的夏丞相迫不及待地挾了塊醬紅色的燻魚咬下去——魚肉是炸過之後再浸泡在糖醋汁中的，外層的魚皮炸得發皺，吸足了酸甜醬汁，裡面的魚肉細膩鮮香。因為用的是青魚，全身只有一根靠外側的大魚骨，整體被炸得酥脆可口，毫不費勁就能嚼碎嚥下去。

夏丞相吃了一塊，滿足地點頭道：「光是這魚，我就能吃下三碗飯。」

「還有其他的呢。」夏瑤挾了一塊魚給沈世安，又讓人繼續上菜，說道：「油爆蝦，蝦殼油炸過，直接吃就行；再嚐嚐糖醋排骨、油燜春筍跟涼拌菠菜。」

「菠菜？」夏肅有些嫌棄地說：「我最不愛吃菠菜了。」

夏丞相反手在他腦袋上拍了一下道：「不吃別吃，都是我的。」

得知有菠菜，沈世安悄悄撇了撇嘴，夏瑤為他舀了一勺涼拌菠菜道：「哥哥這麼大了還挑食，真是太不成熟了。」

沈世安拒絕的表情才剛做一半，一聽夏瑤這麼說，立即張嘴吃掉那勺菠菜，嫌棄地嚼了兩口之後愣愣地問：「這是菠菜？」

夏瑤笑道：「一點也不澀口吧？其實菠菜妥善處理一下就會很好吃了。」

沈世安點了點頭道：「再給我一點。」

夏肅見他不像作假，狐疑地跟著吃了一點——脆脆嫩嫩的，不僅不澀口，還有股清甜的味道，裡面加了碾碎的花生，為這道菜增添另一重香味。

前面幾道菜口味都有些重，這時候吃點清爽的涼拌菠菜，清甜解膩，又能再吃一輪。

夏瑤吃了口涼拌菠菜，說道：「其實這個季節就該吃野菜餅子，將各種新鮮野菜切碎，加點剁碎的肉拌勻，然後用燙麵包成皮薄餡多的餅子，在鍋裡煎到兩面金黃，外皮酥脆、內餡汁水充盈，這才是春天吃的東西呢。」

夏丞相被她說得嚥了嚥口水，問道：「妳做了嗎？」

「沒。」夏瑤輕快地打破了在座所有人的美夢。「今天來不及。」

沈世安還在旁邊補了一刀。「我想吃，明天能做嗎？」

「可以啊。」夏瑤笑咪咪地為他挾了一塊糖醋排骨道：「明天早上做，再配些白粥。」

心有不甘的夏丞相「哼」了一聲，吃著油燜春筍的心情從喜悅變成了嫉妒，夏瑤立刻補充道：「我會叫人送些過來。」

夏丞相這才笑逐顏開，變臉的速度之快，讓人很難相信他是一國宰相。

一旁的夏瑤看了娘親一眼，見她也正無奈地看著自己，忍不住笑了，招手對邊上的丫鬟說道：「湯可以擺上來了，點心若是好了，也一塊兒端來吧。」

湯和點心很快便送了上來，陶瓷湯鍋一打開，霧氣散去，只見透明的清湯中漂著一顆顆拇指大小的肉丸子，夏肅問道：「這是什麼？清水煮肉丸？」

「珍珠肉丸清湯。」夏瑤差人為每個人都盛了一碗，說道：「這清湯是用好幾種蔬菜和魚肉熬煮的，再用蛋清吸附掉裡面的雜質，才會看起來這麼清澈，可不是清水。」

丞相夫人舀了一勺清湯吹了吹，先嚐了一口，那味道讓她不由得驚嘆。「好鮮！」

「是吧？這湯可下工夫了。」夏瑤說著自己也喝了一口，溫熱的清湯順著喉嚨滑下去，讓人舒服得想嘆息。

「這肉丸子裡加了什麼？脆脆的，挺好吃。」夏丞相問道。

「春筍。」夏瑤說道：「若是夏天，還可以加一些馬蹄菜，吃起來也很爽口。」

見沈世安喝了幾口湯，夏瑤為他挾了一塊松子糕道：「吃些點心。」

沈世安摸索著從碟子裡拿起來，松子糕軟乎乎的，還有些燙，他小心地咬了一口，松子的香味頓時爆發開來，還有熟悉的甜味——是棗泥。

松子糕是用蒸的，大米粉和糯米粉混合均勻，加入碾碎的松子，小心倒入加了糖的牛奶，揉搓到微微濕潤但是不成團的狀態，隨後鋪一半在蒸籠上，蓋上薄薄一層棗泥，再鋪上另一半上鍋蒸熟，兩層雪白的松子糕中間夾了一層棗泥，看起來賞心悅目。

這道松子糕甜香不膩，吃起來鬆軟不黏牙，還有股濃郁的奶香，夏丞相吃一口便點一下頭，很是滿意的樣子。

酒足飯飽，大家都有些犯睏，夏瑤還惦記著找道長的事，硬是跟著丞相夫人回房間，把親爹趕去了書房。

「這麼大的人了，還要和娘親一起睡……」丞相夫人嘴裡這麼說，卻帶著笑讓夏瑤在內側躺下，問道：「這段時間身體如何？」

「正要和您說這事呢。」夏瑤抱著娘親的胳膊，把自己因為癸水肚子疼請來太醫，然後被沈世安識破的事說了，擔心道：「陛下會不會怪罪我啊？王爺看似不在意，其實很難過呢。」

丞相夫人嘆了口氣道：「妳爹之前就說瞞不了王爺多久的，這事倒無從怪罪起，只是這孩子的確讓人心疼。」

「所以我想著，要不要我親自去一趟道觀。」夏瑤說道：「說不定道長見到我，能多預見些東西。」

「去道觀倒是方便，」丞相夫人猶豫道：「只是王爺那兒……」

「當然得瞞著他，否則若是問不出什麼來，又要讓他失望一次了。」夏瑤果斷道。

丞相夫人笑著摸摸她的頭髮道：「瑤瑤真是長大了……行，那娘親今天就去信問問道長，等安排好了時間，我們一起去一趟。」

頓了頓，丞相夫人又問道：「妳和王爺似乎處得還不錯？」

夏瑤點點頭道：「王爺人很好。」

「那娘親就放心了。」丞相夫人說道：「雖然你們是為了特殊的原因成親的，不過畢竟是夫妻了，總不好一直分開住，過去是因為妳身體不好，如今既然康復了，也該找個時間搬去主院了吧？」

夏瑤心想：完了，她完全忘了自己和王爺其實是夫妻來著。

身為現代人，夏瑤的觀念自然是「先戀愛後結婚」，現在她和沈世安相識還不到一個月，連戀人都不是呢，突然就被要求住在一起……儘管她是個見過大風大浪的現代人，一時之間也不由得有幾分尷尬。

「我、我和王爺還不熟呢，住到一起也太奇怪了吧。」夏瑤結結巴巴道：「王爺肯定也不習慣。」

「哪有夫妻不住一起的。」丞相夫人拍了她的手臂一下道：「別人成親都是第一天就住在一起，你們認識這麼久了，有什麼奇怪的？」

夏瑤頓時噎住，忽然覺得古代人也太開放了吧。成為夫妻的兩個人說不定之前都沒見過，結果初次見面就要同住一個房間，實在可怕極了。

她搖搖頭，甩掉腦子裡一些亂七八糟的畫面，一臉真誠地看著丞相夫人，說：「是這樣的，娘親，我覺得我其實身體還沒有恢復好咳咳咳咳……」

丞相夫人被逗樂了，饒過她。「罷了，妳一個小姑娘總不好太主動，過段時間我去找淑太妃談談吧。」

這種事居然還要找大家一起討論？夏瑤自暴自棄地用被子蒙住臉，心想煩不到她就行，沈世安你就自求多福吧，這麼大的人了還要被養母催問何時跟妻子圓房，畫面簡直不敢想。

不知道是不是這話題的緣故，夏瑤睡得很不踏實，夢裡全是沈世安，一會兒是她第一次和他去宮裡的過程，一會兒是他將莊子的書契交給她的情景，一會兒又是他兩手撐著她設計的手杖，立在月光下恍若仙人的模樣……

夏瑤在自己要對夢裡的沈世安做更過分的事之前猛然驚醒，她愣了半晌，翻身捂住發燙的雙頰。要命了，她不會真的饞他的身子吧?!

原本夏瑤和沈世安相處起來算是自在，可一旦腦子裡有了想法，看什麼都覺得不對了。

夏瑤瞧了瞧沈世安乖乖放在膝蓋上的手，想起第一次進宮的時候，沈世安怕她緊張，牽住她的手，後來就只有夏瑤扶著他的手臂走路時才有肢體接觸，如今有了手杖，連扶都不用她扶了，親近的機會又少了一個。

沈世安聽力再好，也聽不出夏瑤在想什麼，所以他們獨處的時候，夏瑤向來不收斂自己的目光，等她意識到的時候，已經盯著沈世安的嘴唇看了好幾分鐘了。

夏瑤「啪」的一巴掌拍在自己額頭上，把「他的嘴唇看起來很軟」這個剛萌生的想法從自己腦海裡拍掉了。

沈世安被她驚了一下，問道：「王妃怎麼了？」

「沒事沒事。」夏瑤趕緊擺擺手道：「對了，我娘說過段時間想出門逛逛，說不定要我陪她。」

沈世安點點頭道：「王妃自己安排就行。」

夏瑤最喜歡沈世安的就是這一點，他從來不過問，給了她十足的信任，讓人覺得特別舒心。

等一下，她剛剛是不是說了喜歡沈世安?!

啊！都是娘親的錯！沒事提什麼住在一起啊，害她腦袋瓜子裡現在沒一點正經東西了……

一路上夏瑤都在糾結，待馬車到了院門外，沒等沈世安過來攙扶，她就自己鑽了出去，朝望月伸出手，讓她把自己扶下了馬車。

「王爺，今天晚上吃生煎包，我先去做了！」夏瑤說完，頭也不回地進了自己的院子。

沈世安慢了一拍跟在她後面下車，不知怎的，感覺自己被夏瑤嫌棄了。

一定又是夏丞相在背後說了自己的壞話……沈世安憤憤地想著，就知道這老頭兒沒安好心，見不得他過得好！

夏瑤不知道她爹爹背了黑鍋，直接進入小廚房，檢查廚娘們準備的食材。

灌湯包和生煎包是夏瑤前世最愛的兩種麵點，灌湯包適合當早餐，生煎包則是什麼時候吃都合適。

生煎包的作法有好幾種，有的麵皮是發酵過的，吃起來鬆軟一些，夏瑤偏愛半發酵的，在麵團發起來之前就上鍋煎熟，薄薄的麵皮裹著鮮甜的肉汁，皮薄餡多，配上一碗雞湯米線，就是她心中最完美的組合。

「王妃，肉皮凍和肉餡已經切好了，麵團您看看這樣行了嗎？」金師傅見她進來，趕忙過來匯報。

夏瑤洗過手，按了按麵團道：「可以，再揉一下排氣，然後擀麵皮吧。」

隨後她走到肉餡旁邊，低頭聞了聞，用手沾了一點嚐味道，又說：「蔥薑水加了嗎？還有點腥，多加一些，把肉皮凍也拌進去吧，鹽再加一勺。」

她的調味向來最準，廚娘們自然立刻照做。

等餡料調好，夏瑤拿起一張麵皮示範道：「像這樣，包的時候口要收緊，不然湯汁就全漏了，接著倒扣在鍋裡，排緊一點也沒關係，但是動作要快，不然麵皮就發起來了。」

鍋底事先塗了油，煎一會兒之後，往裡面倒半碗水，蓋上鍋蓋，用蒸氣燜熟生煎包。

夏瑤側耳傾聽，等到裡面傳來水燒乾了的聲音時，就打開鍋蓋撒上一圈芝麻，再燜幾秒鐘。

最後一次打開鍋蓋時，香味帶著熱氣猛地衝了出來，小廚房裡的人同時嚥了口口水。

親娘咧，王妃做的東西回回都這麼香，她們都想不要月錢，就拿飯食當補貼了。

雞湯早已煨好，米線下鍋一滾就能吃，夏瑤撒了一小把蔥花收尾，拍了拍手道：「好了，端出去吧！」

沈世安坐在椅子上時還有些忐忑，想著夏丞相到底說了自己什麼壞話，然而做了一頓晚飯後，夏瑤早就忘記馬車上那點尷尬，恢復了活潑熱情的狀態。

「生煎包裡有湯汁，吃的時候要小心喔，先咬一個口子把湯喝掉比較好。」夏瑤挾了一顆生煎包放在沈世安手邊道：「要不要醋？我幫你蘸一點？」

沈世安點點頭，等夏瑤說蘸好醋了，他就小心地挾起生煎包，吹了吹之後咬了一小口。

夏瑤看著沈世安吃掉一顆生煎包，感嘆人長得好看就是不一樣，吃個生煎包都跟一幅畫似的，這要是換成自家大哥……算了，沒比較沒傷害。

見沈世安沒被燙到，夏瑤放心地自己挾了一顆來吃。生煎包的底部煎得金黃酥脆，稍稍用力咬開，鮮甜的湯汁就流了出來，她趕緊幾口吸掉湯汁，然後挾著生煎包蘸了點醋，一口咬掉半個。脆脆的生煎皮混合著多汁的肉餡，還有芝麻的香氣，讓人怎麼都吃不夠。

夏瑤自己吃一顆，就往沈世安碟子裡放一顆，又低頭吸了一口雞湯米線，米線細軟光滑，裹著鮮美的雞湯一起滑入喉嚨，令人心生滿足。

吃得差不多了，夏瑤抬頭想問沈世安還要不要生煎包，卻一眼看到他嘴唇上沾了顆小小的芝麻粒，她很自然地抬手抹去道：「黏到芝麻了。」

指尖感受到那片柔軟的時候，夏瑤才反應過來自己做了什麼，趕緊收回手，心裡卻在想：猜對了，果然很軟。

那一瞬間，沈世安整個人都僵住了，片刻後耳根唰地泛紅，像是要滴出血來。他放下筷子說句「吃飽了」就想離開，可起身時才想起自己是被夏瑤扶著進來的，手杖不在身邊，頓時手足無措起來。

夏瑤眨了眨眼睛，心想：啊，這麼容易害羞的嗎？

人類是很奇怪的生物，遇到尷尬的事，對方比自己更害羞的時候，自己就不會害臊，甚至想欺負對方一下。

夏瑤淡定地站起來走到沈世安旁邊說道：「王爺吃飽了？要去散步嗎？」

「今天……今天不去了。」沈世安假裝冷靜，卻不曉得已經被自己的耳朵出賣了，只道：「我先回房間了。」

「那我送王爺回去吧，你手杖沒拿過來。」夏瑤說著，伸手扶住他的手臂。

飛星早已習慣他們用完膳會散一會兒步再回去，所以這時也在吃飯，沈世安只好讓夏瑤扶著回到自己的院子，心裡懊惱為什麼沒拿手杖過去。

好不容易到了房門口，沈世安身上的熱氣都要把夏瑤的汗給蒸出來了，她也不再捉弄他，把他送到門內後就說了聲。「那我走啦？」

沈世安點點頭，當著夏瑤的面靜靜關上房門，轉身後隨即靠在門上崩潰地捂住臉——太丟人了，明明想在她面前維護形象的，結果吃個東西還能沾在臉上，她現在肯定覺得他不僅看不見，還是個傻子！

夏瑤聽著門內的動靜，咬著唇忍住笑，覺得沈世安實在是太可愛了。

第十一章　吃人嘴軟

幾天後，夏瑤就接到娘親讓人遞來的消息，說道長答應見她。如今的道士可以喝些果酒、米酒，夏瑤便準備了桃花酒和桃花酥，帶著前往道觀。

夏瑤本以為這位道長的模樣會像《西遊記》裡的太白金星，留著長長的白鬍子，見面以後卻發現原來是個四十歲上下的女道長，不禁微微愣了一下。

道長笑著請她坐下，說道：「瑞王妃似乎有些驚訝？」

夏瑤老實答道：「有一點，不過想想也正常，畢竟道士的確有男有女，所以也不算太驚訝。」

道長看起來對她的回答很滿意，又問道：「瑞王妃給貧道帶了東西來？」

夏瑤打開食盒，拿出裡面的桃花酥道：「我做了些桃花酥，還釀了桃花酒，道長嚐嚐吧。」

「瑞王爺倒是有口福。」道長拿起一塊桃花酥咬了一口，點點頭說：「味道不錯。」

她主動把話題引了過來，夏瑤接得也自然。「不知道我娘親有沒有和道長說過，我今天來，其實是想問問道長之前說的，我和王爺成親對我們雙方都有益的事。」

道長放下手裡的桃花酥道：「貧道確實說過，現在看來，瑞王妃的身體日漸康復了。」

「確實是，」夏瑤有些惆悵地說：「但是王爺似乎一點進展也沒有。」

道長認真地看了她一眼，問道：「瑞王妃可是覺得內疚？」

夏瑤愣了一下，問道：「您怎麼知道？」

「貧道見過很多種人。」道長抿了一口桃花酒，說道：「有的人壞事做盡也覺得理所當然，像瑞王妃這樣的呢，明明自己沒錯，卻會把所有的責任都攬在身上。」

「我知道這不是我的責任。」夏瑤被說中心事，有些不好意思地說：「我就想，如果我親自來一趟，道長說不定能看出點別的，總歸是一線希望。」

道長搖了搖頭說：「要讓瑞王妃失望了，天機十分，貧道最多只能窺破一分，若不是您母親來還願，貧道都不曉得瑞王妃身體已經康復了，更別說看到更多其他的。」

「但王爺肯定會好的是不是？只是時間問題罷了？」夏瑤睜大眼睛看著她，說：「即使是一分，也是對我們兩人都有益處啊。」

「對不起，貧道不能給您保證。」道長有些抱歉地說：「天機只道你們成親對彼此都有益處，但這並不僅僅是身體上的健康，也可能是指別的。」

「別的？」夏瑤茫然地說：「可是對王爺來說，最大的問題就是看不見吧？」

「您錯了。」道長伸出手指著夏瑤，說道：「瑞王爺最大的問題不是眼睛，而是這裡。」

夏瑤低頭看著道長指向自己心口的手指，問道：「心？是心理創傷？」

道長收回手道：「瑞王爺是個聰明的人，但越是聰明，就越難以走出自己設置的障礙，因為……」

「因為沒人跟得上他。」夏瑤接過話，想起那滴還沒落下來就被沈世安擦掉的眼淚，還有他飛速調整情緒的樣子，說道：「沒人能看破他的偽裝。」

「但是您能。」道長說道：「你們是一類人，雖然您沒那麼聰明。」

夏瑤心想：後面那句話不用說也沒差吧？

「可是我不知道怎麼做。」夏瑤為難地咬了咬下唇說：「王爺看起來太正常了，他好像不需要我做什麼。」

「不需要嗎？」道長看著她，說：「您再想想。」

「我……」夏瑤突然想起自己送了手杖給沈世安之後他說的話，輕呼道：「啊！」

「跟隨自己的心意做事，您就能幫助他，」道長笑著看了她一眼，說道：「也能幫助您自己。」

「我自己？」夏瑤有些不解地說：「我身體已經好了啊。」

「您的內疚感。」道長看著她的雙眸說道：「帶著歉意做事，很容易讓人察覺到的。」

雖然這一趟沒能問出什麼來，但夏瑤莫名覺得輕鬆了許多，離開前她忍不住問道：「道長，我下次還能來嗎？」

「您知道，我很少見外客的。」道長說道。見夏瑤露出失望的表情，她偏頭朝桌上的桃花酒示意了一下。「不過若是有好酒，倒也不是不能和您聊一聊。」

這就是為她開了綠燈了。夏瑤立即綻出笑容，忍住想上前抱一抱道長的衝動，恭敬地告辭了。

奉命送走夏瑤，小徒弟回道長身邊說道：「師父，我還是第一次見您和別人聊這麼久呢，瑞王妃有什麼特殊的嗎？」

道長笑了笑，只端起桌上的桃花酥說：「拿去給大家分了吧。」

「道長怎麼說？」見夏瑤出來，丞相夫人走過來問道。

夏瑤搖了搖頭，回道：「道長連王爺的眼睛是不是能重見光明都不確定。」

丞相夫人愣住了，疑惑道：「可是之前不是說……」

「先回去吧。」夏瑤挽著娘親的手臂上了馬車，說道：「我慢慢和您說。」

聽女兒複述完道長的話，丞相夫人皺起眉頭說：「道長也不能確定王爺是否能康復？」

夏瑤點點頭道：「當時道長只說有益處，至於是什麼益處，並未明說。」

「話是這麼說沒錯，」丞相夫人依舊愁眉不展，擔心道：「只是陛下那邊……恐怕不好交代。」

夏瑤明白她的顧慮，在這件事情上，她占了很大的便宜。她想了想，說道：「沒必要具體告知陛下，只需讓他知道我如今和道長關係不錯就行。」

丞相夫人有些驚訝地說：「道長和妳關係不錯？這話可不能亂說。」

夏瑤得意道：「道長很中意我的廚藝。」

丞相夫人心下了然，回去對夏丞相說明事情經過，夏丞相摸了摸鬍子道：「這小丫頭比她哥機敏多了，可惜是個姑娘家。」

丞相夫人瞪了他一眼道：「姑娘家怎麼了？姑娘家就沒用了？」

「誒，妳生什麼氣嘛。」夏丞相連忙安撫自己的夫人。「我不過是感慨一下，我女兒這腦子，肯定是能做大事的人。」

丞相夫人「哼」了一聲。「行了，我知道你的意思，陛下那邊就交給你了。」

「放心吧，」夏丞相頷首道：「我知道該怎麼做。」

夏瑤不知道她爹爹是怎麼和陛下說的，幾天之後，宮裡送了不少賞賜下來，說是皇后很喜歡她做的桃花酒和桃花酥。

酒送過去到現在估計快喝完了，賞賜才下來，夏瑤心裡自然清楚是為了什麼才賞她的，所以只是默默接下禮品，讓人收進庫房中。

好在這麼一忙下來，沈世安似乎已經忘了之前的尷尬，兩人的相處又回到了之前的模式。

又隔了幾天，宮裡差人來詢問桃花酒有多少存量，說是皇后要舉辦春日宴，想將桃花酒當作獎賞。

沈世安對著傳話的公公皺起眉頭道：「王妃又不是專職給你們釀酒的。」

公公趕忙謝罪，夏瑤拍了拍沈世安的手臂，柔聲對公公說道：「我也不知道宮裡需要多少，我讓人帶您去看看吧。」

小環帶著公公去了釀造間，夏瑤轉過頭勸起一臉不高興的沈世安。「王爺別生氣了，皇嫂是好意，畢竟我之前從未在人前出現過，如今突然要在世家之中亮相，總得給人一個好印象嘛，皇嫂是要藉此給我立名呢。」

「我自然知道皇兄和皇嫂的意思。」沈世安緩和了臉色，說道：「只是底下人眼皮子淺，恐怕真有人覺得是皇嫂讓妳做下人的活，我得先敲打敲打他們。」

夏瑤這才反應過來，感慨他果然心思縝密，笑咪咪地說道：「王爺人真好。」

沈世安得了誇獎也不動聲色，只道：「從小接觸這些，成了習慣罷了，都是些無用的麻煩事。」

那公公看完存量很快就回來了，語氣果然更顯恭敬。「瑞王妃，酒足夠了，奴才這就回去向皇后娘娘覆命，過兩天便來取酒。」

夏瑤點點頭道：「好，我會差人備好酒的。」

春日宴是皇后每年固定舉辦的宴會，地點並不在宮中，而是在郊外一處風景不錯的莊子上。參加宴會的除了世家貴族之外，還會有前一年科考中名列前茅的學生，以及較為出名的文人雅士。

夏瑤聽完小環的介紹，恍然大悟道：「啊，原來是相親宴啊。」

小環笑道：「的確每年都有年輕人會互相看中。」

夏瑤輕笑著說：「挺好的，能自己看中對象，總比家裡安排的要好一些。」

小環正在為夏瑤解開髮髻，她順了一下髮絲後笑著說道：「王爺過去是春日宴上最受歡迎的，不過他從來沒回應過別人，我們那時候還聽長公主說王爺不懂憐香惜玉，好好的姑娘都給他說哭了。」

「還有這種事？」夏瑤訝異道：「可是王爺明明看起來很溫柔啊。」

自從她第一天來到這裡，沈世安就特別體貼，真的很難想像他把姑娘家說哭的樣子。

小環歪了歪頭，也有些不解地說：「奴婢當時還是個小丫鬟呢，不知道具體發生過什麼事，可能是王爺長大了，所以變了吧？」

夏瑤理解地說道：「也是，長大了可能就變得穩重了吧。」

「不過王爺自從……就沒再參加過任何宴會了呢。」小環說道：「今年不知道會不會去。」

「是因為……」夏瑤指了指眼睛。

小環點頭道：「雖然陛下對王爺很好，但是依王爺之前的脾氣，得罪的其實不只前太子一個人，總會有人幸災樂禍地來挑事，可宴會上大多都是身分尊貴的客人，陛下不好為了這種事和人計較，王爺便乾脆拒絕了所有的宴會邀約。」

夏瑤心想：也是，若是這種情況，她可能也不想參加聚會，誰會想把自己脆弱的模樣展現給不喜歡的人看呢？

「不過王爺今年應該會去吧，畢竟王妃是第一次參加這樣的宴會呢。」小環說道。

「他不去也無妨。」夏瑤摸摸自己被梳理好的頭髮，起身去後方的沐浴間準備洗澡，說道：「到時候妳和晚秋跟著我，參加宴會的大多數人妳都認識吧？正好讓晚秋也熟悉一下。」

一旁的晚秋聽她提到自己，笑著應了聲「是」，又問道：「那望月去嗎？」

此時頭頂上忽然傳來聲音。「當然去，王爺叫屬下要隨身保護王妃的安全。」

晚秋嚇得差點跳起來，她抬頭看到在屋梁上蹲著的望月，拍了拍胸口道：「望月姑娘，妳怎麼又在上面了？」

「不好意思，以前是暗衛，習慣了。」望月跳下來，朝夏瑤行了個禮說道：「和王爺關係最差的就是齊王爺了，嘖，煩人，又不能打他。」

相較於其他人，夏瑤對她們的管束其實很鬆，然而即便如此，這種話還是有些以下犯上了，晚秋趕忙說道：「望月姑娘，慎言。」

望月摸了摸鼻子沒說話，夏瑤將自己整個浸在浴池中，舒服地吁了一口氣，好奇地問道：「為什麼關係差？」

「齊王爺是當今太后的親生子。」望月說道：「陛下被送到太后宮中養著的時候，齊王爺一開始雖然不太接受這個突然出現的哥哥，但是陛下為人寬厚，待人又周到，當時還年幼的齊王爺很快就喜歡上這個新哥哥了。」

夏瑤差不多猜出事情的真相了。「但是陛下心中最親近的，還是自己的親弟弟？」

望月點點頭道：「那是自然，王爺年幼，陛下放心不下他，只要一有空閒就會去找王爺，冷落了齊王爺，他心中早有不滿。後來大家年紀長了些，陸續要進御書房讀書，王爺去之前，齊王爺是學得最快的一個，也最受先生們喜愛，然而王爺天資聰穎，別人要一個晚上才能背下來的東西，他看兩遍就能記住，馬上超越所有的哥哥。齊王爺不甘心，但每回辯論時都辯不贏王爺，若不是後來丞相大人壓了王爺幾天，怕是要兄弟相殘。」

先是喜歡的哥哥，再是看重他的先生，甚至連班級第一的名譽都被同一個人搶走……夏瑤在心裡嘖了幾聲，這麼一想，齊王爺小時候的情況還真有點淒慘。

「所以因為這些，兩個人就結仇了？」夏瑤問道。

望月回道：「對，就因為這些。齊王爺雖然沒有前太子那麼喪心病狂，但是王爺中毒之後，齊王爺還有他那些附庸們就時不時要刺他幾句，王爺卻一直不理睬，惹得他更加惱怒，後來王爺就不參加宴會了。」

齊王爺還未成親，肯定會去春日宴，夏瑤想了想，乾脆別問沈世安去不去，免得看起來像是在逼迫他。

宴會當天，夏瑤一大早就被晚秋喊起來梳妝打扮，這是她第一次在這類公開場合露臉，當然要精心準備，晚秋和小環比她初次進宮那回還要用心，惹得夏瑤越發昏昏欲睡。

「王妃，耳墜子用什麼樣的？」小環拿了幾副來給她選。「瑪瑙的、翡翠的，還是和闐玉的？」

「珍珠的吧。」有人在門口說道：「玉石顯得老氣，也不太適合郊外的風景。」

夏瑤抬頭看過去，恍惚間彷彿回到初見沈世安的時候，不過這次她不會再愣住了，點頭對小環道：「那就戴珍珠的。」

小環拿過珍珠耳墜子替她戴上，夏瑤起身走到沈世安身邊說道：「王爺等急了？我準備好了。」

沈世安搖搖頭說：「我怕我若是不來，妳會不帶上我，一個人就走了。」

夏瑤的小心思被識破，尷尬地笑道：「怎麼會呢……」

「我沒那麼脆弱。」沈世安說道：「參加宴會而已，之前不去，只是不想和人多費口舌。」

夏瑤並不相信他說的，但也沒回話，沈世安朝她伸出手道：「走吧，舉行宴會的地方有點遠，要早些出發。」

雖然宴會舉辦之處的確遠了點，不過抵達那裡之後，夏瑤就覺得在路上費點時間很值得。

剛下馬車，夏瑤就看見一片色彩繽紛的花海——紫色的風信子、粉色的桃花、黃色的迎春花以及白色的梔子花。

最美麗的就是桃花林，通往宴會廳的小路全被粉色花瓣鋪滿，恍若漫步在粉色雲端，即使在現代，夏瑤也沒見過這般迷人的景色。

後頭陸續有人前來，夏瑤儘量掩飾住自己的激動，假裝淡定地走在花瓣鋪成的小路上，身旁的沈世安當然感受得到她的激動，笑著問道：「很美吧？這裡的花都是皇嫂安排種植的，每個季節都會有不同的花綻放，宴會廳也會隨著四季變化更換擺設。」

夏瑤用力點頭「嗯」了一聲，自家皇嫂的美學觀點，實在太了不得了。

小路盡頭，有一條完全構築在水上的木造長廊，還有半開放的宴會廳——宴會廳沒有牆，而是像後世公園的亭子一樣，邊上圍了一圈木欄桿，人們隨時都能欣賞水面上的蓮花與水面下的游魚。

夏瑤扶著沈世安的手臂走上長廊，見到不遠處似乎還有馬場。

「咦？這裡還可以騎馬嗎？」夏瑤問道。

「下午會有馬術表演，賓客中也會有人想要騎馬逛一逛，這裡的景色可不只這一塊。」沈世安問道：「王妃可會騎馬？」

夏瑤老實地搖頭道：「不會。」

「也是，妳之前應該沒辦法學騎馬……」沈世安想到她的身體情況，自覺失言，說道：「不會也沒關係，妳若是有興趣，等一下我叫人挑一匹溫順些的，帶著妳騎一下。」

夏瑤前世只騎過小馬，有人牽著走一圈的那種，她覺得這個提議還挺有意思的，趕緊說道：「好呀，那我們下午去騎馬！」

沈世安笑著應了。

第十二章　宴會重逢

他們來得正是時候，宴會廳中已經有人等著了，一見到沈世安，自然要過來請安，大部分人只掃了他的手杖一眼，便禮貌地假裝什麼也沒瞧見，請安之後或是退下、或是隨意聊上幾句。

「瑞王爺，瑞王妃。」一個年輕的男子過來對他們施了一禮。

「這位是康平王世子。」沈世安聽出他的聲音，向夏瑤介紹道。

康平王是先皇的弟弟，也就是沈世安的叔叔，那這位世子應該是他的堂哥或堂弟了。

夏瑤稍稍一想就理清楚了關係，朝他回了一禮。「世子。」

康平王世子沈逸個性直率，他低頭看見沈世安的手杖，毫不避諱地說了出來。「世安，你這拿的是什麼？還挺好看的。」

只見沈世安淡淡一笑，將手杖遞給他看，說道：「王妃見我行走不便，特地為我做的。」語氣裡頗有幾分驕傲。

沈逸看了看沈世安的表情，接過手杖細細打量了一番，有點驚訝地說：「這個設計還真不錯，這手杖拿在你手裡啊，看著就顯得貴氣。」

可不是嘛！夏瑤心想，要不西方古代的君王怎麼都愛拿根手杖呢，不就是看起來貴氣嗎？

「對了，你不是會使劍嗎？」沈逸拿著手杖愛不釋手地道：「你把這手杖前頭削空了，裡頭放把劍，用的時候唰地拔出劍來，多瀟灑！」

夏瑤訝異地瞥了他一下，想不到這世子看著大剌剌、沒心沒肺的，腦子竟然挺機靈啊，跩哥他爸可不就是把魔杖藏在裡面的？

然而沈逸話音剛落，後腦勺就挨了一巴掌，一個年長的男人朝他們拱了拱手，懷著歉意說道：「犬子口無遮攔，讓王妃見笑了。」

這位就是康平王了。沈世安和夏瑤哪敢接受長輩的道歉，忙說沒事，康平王瞪著兒子，道：「還不還給世安？」

沈逸將手杖遞給沈世安，對他爹不滿道：「我們年輕人說話您幹麼非要過來，您去找朋友聊天不行嗎？」

康平王又睨了他一眼，氣得鬍子都要翹起來，怒道：「沒大沒小，我又不是來看你的！」

夏瑤看著他們拌嘴，輕聲對沈世安道：「世子看起來挺與眾不同的。」

沈世安也小聲道：「皇叔是個閒散王爺，對兒子的要求向來不高，只要不惹是生非就行，所以世子也自在。」

夏瑤點點頭，不求有功但求無過，也不錯。

雖然夏肅被親爹嫌棄，但也算是京中的青年才俊，自然前來參加宴會了。夏瑤轉了一圈就看見他在和人說話，便跟沈世安說了一聲，就跑過去從背後拍了拍他，喊道：「哥哥！」

夏肅被她拍得抖了一下，回過頭來看見是她，立即露出笑容，向一起聊天的幾個朋友介紹。「這是舍妹。」

這些人當然知道夏瑤的身分，馬上朝她行禮道：「見過瑞王妃。」招呼才剛打完而已，就聽到一個姑娘驚呼。「呀！是妳。」

夏瑤轉頭看去，搜尋起回憶中的身影，隨即叫道：「上官姑娘！」

瞧見這一幕，夏肅與那姑娘身旁的男子互看一眼之後，便問道：「妳們認識？」

「一面之緣。」上官燕笑著說道：「沒想到妳就是瑞王妃。」

能來這裡的，當然不是普通人家的姑娘，夏瑤看向夏肅，夏肅立即反應過來道：「這是兵部尚書家的千金，上官燕。這位是她二哥，上官敬。」

兵部尚書？夏瑤稍加思索，說道：「啊，那不就是皇姊的夫家？」

「長公主是我大嫂。」上官燕很容易跟人混熟，當即拉著夏瑤的手說：「那我們是親戚呢，妳多大啦？比我小吧？是不是該叫我姊姊？妳好可愛呀，我上次就想和妳交朋友了，可惜妳急著回家。」

來到這裡以後，夏瑤還沒見過一口氣能說這麼多話的人，一時愣住了，上官敬不動聲色地將妹妹拉回去道：「對不起，瑞王妃，舍妹有些活潑。」

夏瑤搖搖頭表示沒事，上官燕甩開哥哥的手，白了他一眼，又湊到夏瑤旁邊道：「我們兩個去玩吧，和他們沒話說。」

上官敬語氣無奈地問夏瑤。「王爺在何處？我們先過去見禮。」

由於沈世安受不了一直有人過來打招呼，剛剛已經躲到宴會廳後面的屋子裡去了，那是皇后為親眷們安排的休息處，能進去的人有限，多少清靜些。

夏瑤帶他們去找沈世安，眾人聊了一會兒後，她問道：「我和上官姑娘出去轉轉行嗎？她說要帶我認識其他人。」

沈世安應允道：「隨意些就行，本來就是帶妳來玩的，不用陪我。」

夏瑤點點頭，又不放心道：「有事你就叫長青來找我。」

沈世安忍不住笑著說：「我能有什麼事？」

飛星今天被沈世安派出去做事，跟來春日宴的是長青，夏瑤囑咐了他兩句，這才和上官燕去了外頭。

「雖然知道夏丞相有個女兒，不過我還是第一次在這種地方見著妳呢。」上官燕拉著夏瑤的手道：「今天應該有不少人是衝著能看到妳才來的。」

「看我？」夏瑤有些驚訝地說：「我有什麼好看的，不過就是之前生病，所以從沒出來過而已。」

「妳以往不出門，怕是不知道瑞王爺的名聲。」上官燕朝她眨了眨眼說：「瑞王爺失明，起碼有半個京城的姑娘家心碎了；瑞王爺成親，怕是全京城的姑娘家都心碎了呢。」

夏瑤先是詫異，隨後想起沈世安的長相，認真地點頭道：「有道理。」

「妳果然如我想的是個直性子。」上官燕說道：「這話要是換了個人聽，說不定就要生氣呢。」

「愛美之心人皆有之嘛。」夏瑤聽見沈世安被誇還與有榮焉呢，她笑道：「我第一眼看到王爺時，就覺得真是撿到寶了。」

「我覺得啊，瑞王爺就該配像妳這樣的姑娘。」上官燕小聲道：「剛才聽說妳是瑞王妃的時候，我就在想，除了妳，瑞王爺和其他姑娘都不般配。」

莫非這就是傳說中的ＣＰ腦？夏瑤覺得上官燕這姑娘很有趣，便問道：「為什麼？」

上官燕思考了一下，回道：「因為京城裡身分地位能配上瑞王爺的姑娘本就不多，其中不少人在他失明後就迅速出嫁或者進宮了，擔心會被許配給注定沒有前途的瑞王爺。」

夏瑤了然地點點頭，又問道：「那其他人呢？」

「有人雖然喜歡瑞王爺的樣貌與學識，但是見了他就害怕。」上官燕搖搖頭說：「瑞王爺那張嘴啊，以前損起人來可真是……」

夏瑤挑了挑眉道：「他不會真的把人家小姑娘說哭過吧？」

上官燕頷首道：「是啊，這件事不少人都知道。那會兒瑞王爺還是五皇子，雖然樣樣拔尖，但畢竟是寄養在妃子名下的皇子，年紀又小，所以地位完全比不上當時的太子與其他幾位母妃尚在、位分又高的皇子，可當時有個外邦公主來這裡，一眼就相中了他，在晚宴上直言要帶他回去做駙馬。」

夏瑤瞪大眼睛道：「哇塞！和親嗎？」

上官燕詫異地看了她一眼，道：「妳這是什麼反應，不該覺得生氣嗎？」

夏瑤不敢說自己現在滿腦子都是小說情節，趕緊收斂自己的表情，催促道：「後來呢後來呢？」

「後來，瑞王爺當著滿朝文武的面，損了那公主好一頓，確切的用詞我不記得了，不過明明沒一句是直接罵人的，卻句句都是在羞辱那公主……」上官燕說道：「可把我爹嚇得當晚回來就操練部下，以為兩國要打起來了。」

「那……最後怎麼解決的？」夏瑤也嚇到了。

「最後？」上官燕嗤了一聲，說：「那公主也是癡情，事情都這樣了，也不願意遷怒瑞王爺，不許她父皇和我們勵國起衝突，臨走之前還向瑞王爺討要一把扇子。瑞王爺自然不肯，當今陛下——也就是那時候的二皇子好不容易才攔住瑞王爺，硬是把他手上的扇子送給人家了。」

這簡直是狂熱追星族啊！夏瑤沈默了半晌才道：「也、也挺好的，本來要送一個皇子呢，結果給一把扇子就搞定了，那公主還是頗容易滿足的。」

上官燕點頭道：「不過瑞王爺還是氣了很久，以至於之後很長一段時間，哪怕是像春日宴這種氛圍自由的宴會，也少有姑娘家敢上前和他說話，生怕大庭廣眾之下被他羞辱一番。」

這也是憑實力單身了。夏瑤搖搖頭道：「若換成是我，才不會任他羞辱呢，就算損人不到他那種水準，我也會罵回去。」
上官燕同仇敵愾道：「就是！」
夏瑤想了想，又說道：「不過我覺得，在那種場合，也是那位外邦公主先不尊重他，若是他不當場反擊，以後在外人眼中，怕就真成了一個徒有外貌、可以任人羞辱的皇子了。」
上官燕說道：「對呀，我爹也是這麼說的，那公主的行為等同於侮辱了勵國，若是瑞王爺當時沒罵回去，自此將擔上軟弱無能的名聲，所以我後來就沒那麼討厭他了。」
夏瑤覺得上官燕挺可愛的，笑道：「那妳應該是第三種姑娘了，不僅不喜歡他，還討厭他。」
「別亂說，我怎麼敢討厭瑞王爺！」上官燕假裝害怕地說：「要是讓陛下知道，我可就沒好日子過了。」
大家都曉得陛下是個弟控，兩個姑娘對視一眼，忍不住笑了。
上官燕笑了一會兒，一個轉頭，突然變了表情道：「第四種來了。」
「什麼第四種？」
「就是既不害怕瑞王爺，也不討厭瑞王爺，還不想進宮當陛下妃子的。」上官燕說道：「妳的情敵來了。」

夏瑤前世對談戀愛沒什麼興趣，所以從來沒有過情敵，聽上官燕一說，頓時好奇心滿滿地轉過身去，只見一群人簇擁著一個紅衣少女朝她走來。

同是大紅色的衣服，長公主穿起來是英姿颯爽，這位少女則是明媚張揚，有著完全不一樣的氣場。夏瑤眨了眨眼，覺得這少女似乎有些眼熟。

「那是皇后娘娘的妹妹，王秋語。」上官燕知道夏瑤不認識對方，小聲提醒道：「她仗著自己的身分，吃定瑞王爺不會對她怎麼樣，回回都要纏著他說話。」

又是一個狂熱粉絲。夏瑤感興趣地看著王秋語走到她面前，仰起尖尖的小下巴，有些矜持地問道：「聽說妳就是瑞王妃？」

說真的，夏瑤其實挺喜歡這種奔放自信、情感外顯的女孩子，只是這份輕狂若是用來對付她，就莫名讓人有些不爽。她也矜持地點頭道：「是我。」

一時之間所有人的目光都朝她們這邊掃來，無論何時何地，八卦都是最讓人熱情高漲的一件事。

王秋語看了她一眼，說道：「長得還行，不過妳別以為成親了世安哥哥就是妳的了，我可是知道你們為了什麼才成親的，他在這之前根本就不認識妳，只是無計可施而已！」

曉得她和沈世安成親內幕的人不多，不過既然王秋語是皇后的妹妹，知道了也不奇怪，夏瑤點頭道：「但我們已經成親了呀。」

「那又如何！」王秋語怒道，隨即壓低聲音說：「你們不能算是真夫妻，我和世安哥哥從小就認識，他對我也很好，等他眼睛好了，我就讓他休了妳，重新娶我做正妃。」

夏瑤微微皺了皺眉，覺得這姑娘真是沒教養，也不知道是不是從小被寵壞了，明明皇嫂那麼溫柔端莊，怎麼妹妹說話就沒個分寸？

然而夏瑤不是任人欺負的個性，她轉了轉眼珠，湊到王秋語耳邊說：「妳一個小姑娘，懂什麼叫真夫妻？」

王秋語愣住了，她再怎麼放肆，畢竟還是個小姑娘，有些事的確不懂，只茫然道：「妳什麼意思？」

夏瑤露出一絲壞笑，繼續小聲說道：「王爺如今已經是我的人了，再真不過的那種，妳確定還要他？」

王秋語頓了一下，突然明白夏瑤是什麼意思，整個人立即像隻炸了毛的貓似的彈起來喊道：「妳、妳不要臉！」隨即捂著臉逃跑了。

夏瑤挑了挑眉，心想：小丫頭，姊姊大學那會兒宿舍夜談，那車開得跟上高速公路似的，還嚇不住妳了？

上官燕見王秋語居然毫無戰鬥力，被夏瑤說了幾句悄悄話就逃走了，嘍囉們也跟著散去，內心油然升起一股欽佩之情，問道：「妳和她說了什麼？」

夏瑤搖頭道：「沒什麼。」

上官燕豈會輕易放過她，拉著她一股勁兒地追問，夏瑤煩不勝煩，想了想，也覺得女孩子不能完全一無所知，於是整理了一下內容後說道：「就是……誣衊了一下王爺的清白。」

上官燕先是傻住，反應過來之後頓時大笑道：「想不到妳看起來像顆白湯圓成精似的，原來是個芝麻餡兒的！」

夏瑤無奈地說：「我也不想啊，誰讓她沒事跑來招惹我。不過話說回來，妳也沒成親吧，怎麼不像她那麼……驚恐？」

上官燕偷偷湊到她耳邊說：「我大哥成親的時候，我看見我娘往他房間裡藏了本書，我覺得好奇，就偷偷翻出來看了……」

原來是提前打開「新世界」的大門了啊，夏瑤了然，瞬間找回了一點以往與同學、朋友聊天的感覺。

不過這話題畢竟驚世駭俗了一些，兩人稍微說幾句就轉移了話題，夏瑤看了看時辰，對上官燕道：「宴會差不多要開始了，我去帶王爺出來。」

她和上官燕在宴席上的座位不靠在一起，上官燕點點頭道：「那我去找我二哥啦，下午再一起玩。」

夏瑤答應了，轉身往屋子裡走去。

剛一進門，夏瑤便呆住了。倒不是她大驚小怪，主要是那人剛剛才被她刺激過，轉頭竟然就湊到了沈世安身邊，情緒恢復得還挺快的。

夏瑤看著那一抹不容他人忽視的大紅色衣裙，不禁歪了歪頭，覺得王秋語此人有意思極了。

晚秋雖然沒聽見夏瑤對王秋語說了什麼，但是她方才一直在旁邊跟著，也知道這就是來找碴的那位，這會兒見了她，立刻皺起眉頭道：「王妃，這位小姐也太過分了些。」

不知道王秋語說了什麼，只見沈世安搖了搖頭，表情有些不快，接著就見王秋語大聲喊道：「世安哥哥，無論怎麼樣，我都會等你的！」

她說完就跑了，屋子裡的人看向站在門口的夏瑤，一時之間都尷尬起來，紛紛找藉口離開了房間。

夏瑤走到沈世安身邊，他知覺敏銳，自然意識到她瞧見了剛才那一幕，馬上略微慌亂地站起來想要解釋，夏瑤扶住他的手臂，開了一句玩笑。「招蜂引蝶，王爺以後還是別出來了。」

沈世安聽出她並未生氣，稍微放下了心，說道：「她是皇嫂的妹妹，我不好對她太過嚴厲，妳別多想。」

夏瑤「嗯」了一聲，回道：「不會。」

見她完全不在意，沈世安反倒覺得內心有些不舒服，卻又想不通自己為什麼會這樣。他跟著夏瑤一路走到席間入座了都沒能想明白，看起來一臉沈悶。

第十三章　針鋒相對

宴會的料理是御廚做的，味道不錯，夏瑤一邊吃一邊為沈世安挾菜，一頓飯吃得既忙碌又滿足。等吃得差不多了，大家悠閒地喝起酒，宴會的重頭戲才正要開始。

坐在主位的皇后笑著開口。「諸位都已經見過瑞王妃了吧？」

位置離得近的人都是皇族親眷，一到莊子就向夏瑤打過招呼了，便紛紛應是。

皇后招了招手，讓人把桃花酒拿上來，說道：「瑞王妃親自釀了些桃花酒，作為今日宴會才藝比試的獎品，這酒可不是回回都有的，想要的可得拿出些真功夫來。」

桃花酒被放到眾人面前，粉色的陶瓷酒壺一下子就吸引了所有人的目光。如今用來裝酒的大多是褐色的大酒罈，即便是今日的宴會，也是倒在普通酒壺中呈上來，哪見過這般精緻漂亮的小酒壺，夏瑤注意到不少小姑娘眼睛都亮了。

獎品就放在一旁，刺激著所有人的好勝心，才藝比試堪稱精采絕倫。夏瑤覺得自己像在看跨年晚會似的，心想他們不愧是優秀的年輕人，水準的確不錯。

王秋語的性格雖然乖張了些，倒還真有些本事，跳了一段劍舞。

夏瑤不太懂這個表演，雖然覺得好像比不上沈世安那般身姿輕盈，但她一身紅衣配上銀劍，整體來說挺好看的，不禁和旁邊的人一起熱烈鼓掌。

沈世安擅長用劍，王秋語的劍舞也是為了他學的，聽到大家鼓掌，王秋語收勢後示威似的往夏瑤那邊瞄了一眼，卻見那個小王妃一臉讚許地看著自己，一雙手拍得勤快，讓她表情不由得一滯。當她的目光移到坐在夏瑤旁邊的沈世安身上時，想到他如今看不見，頓時有種媚眼拋給瞎子看的挫敗感，不禁氣呼呼地回座了。

後面的表演包羅萬象，撫琴、作詩、作畫、寫字的都有。去年的探花是個長相白淨秀氣的年輕人，撫琴吟了一首詩，琴聲悠揚，他的嗓音也悅耳，夏瑤讚嘆了一句「不愧是探花」，卻聽沈世安在旁邊「哼」了一聲，道：「不過如此。」

夏瑤轉過頭，見他一臉不高興，有些好笑地湊過去小聲道：「沒有王爺好看，聲音也沒有王爺好聽。」

沈世安覺得夏瑤湊近時，一股清香中帶著奶味的氣息便傳了過來，耳朵一下子又紅了，繃著臉道：「一個探花而已，我才不要跟他比。」

夏瑤也不點破他，繼續看起了表演。

最後一個上場的是個五歲的小郡主，她彈了一首旋律簡單的曲子，雖然沒什麼難度，但是模樣認真可愛，大家不吝惜地用力鼓掌，給足了她面子。

比試結束，皇后正準備宣佈獲勝者，就見王秋語站起來說：「瑞王妃怎麼不表演？

是沒有才藝嗎？」

滿室頓時一片寂靜。在座大部分的人方才都瞧見了她們的衝突，自然明白她為什麼挑釁夏瑤，大夥兒的視線在兩人之間來回梭巡，眼中都是對八卦的嚮往。

夏瑤苦惱地揉了揉太陽穴，心想一個好好的姑娘，怎麼總給自己安排惡毒女配角的劇本呢？

皇后皺起眉頭，言語中多了些責備的意思。「秋語，坐下！王妃釀了酒當作獎品，自然不用參與比試。」

王秋語一口氣憋在心裡還沒發洩完，怎麼可能就此放棄，她回瞪自家姊姊快要殺人的目光，強硬道：「瑞王妃第一次和大家見面，就算不拿獎品，也得讓人知道她有什麼本事吧？不會什麼才藝都沒有吧？」

這話著實過分了些，其他人也微微皺眉，夏瑤按住想要幫她說話的沈世安，站起來說道：「我的確什麼才藝都沒有。」

她看著王秋語一臉得意的表情，繼續說道：「我纏綿病榻十幾年，什麼都沒學過，不過既然大家都想知道我會什麼，我倒是有個新奇東西能給你們看看。」

只見夏瑤指揮宮人在桌上放了一排水杯，又在杯中倒了水，不斷用筷子敲打水杯，眾人皆面面相覷，心中滿是疑問。

夏瑤總算調整好杯子中的水量，拿起筷子敲了一遍，沈世安挑了挑眉，立即猜出她要做什麼。

接著夏瑤站在桌前，稍微回憶了一下，就用筷子碰觸水杯敲出那位小郡主彈奏的曲子。那首曲子的難度和夏瑤前世聽過的〈歡樂頌〉或〈小星星〉差不多，八只杯子正好是一個完整的音階，演奏不成問題。

雖然不那麼華麗，曲子也是別人彈奏過的，但是這方式著實新奇，而且夏瑤聽一遍就能記住並演奏出來，不難看出她雖然沒學過什麼才藝，也絕對不是蠢笨之人。

所有人鼓起掌來，王秋語看了她一會兒，氣哼哼地坐下不說話了。

皇后顯然不是很高興，但仍舊溫和地笑著，朝夏瑤招招手道：「瑞王妃，這酒是妳釀的，和本宮一起來選出幾位優勝者吧。」

這是給足她面子了。夏瑤起身站到皇后身邊，說出幾個她剛剛覺得印象深刻的表演，其中就有王秋語的劍舞。

皇后有些詫異地說：「可是秋語這丫頭……」

夏瑤私心不想將自己釀的酒給王秋語喝，畢竟她不是什麼聖母，被人一而再、再而三地欺負，還能無動於衷。可她卻是撇了撇嘴道：「劍舞這表演確實很出色，我若不提出來，大家就會認為我在記仇。」

王秋語就坐在旁邊，聽得一清二楚，她「哼」了一聲，道：「我才不稀罕什麼桃花酒呢。」

皇后臉色一變，忍無可忍道：「既然如此，妳就當是自動放棄了，今日的宴會也不必繼續參加，回去吧。」

王秋語咬著唇站起來，瞪了夏瑤一眼，扭頭跑了。夏瑤完全沒有勝利的感覺，她莫名其妙地被拉進戰局，還招了這小姑娘的恨，簡直是無妄之災。

出席的都是人精，像是完全沒看到這令人尷尬的一幕似的，熱熱鬧鬧地起鬨讓皇后分了獎品，之後對夏瑤又是一頓誇讚。

午宴之後眾人散開來聊天，夏瑤被那五歲的小郡主拉著問曲子是怎麼用水杯演奏出來的，上官燕跟幾個姑娘也一臉好奇地湊過去，沈世安本想帶夏瑤去騎馬，突然被人擠到了一旁，頓時一臉茫然。

「王爺稍微等一會兒行嗎？我和她們說完就來。」夏瑤小聲說道。

沈世安點點頭說：「那我到花圃那邊等妳。」

亭子人多，夏瑤看得出他不耐煩應付，應道：「好，我一會兒過去找你。」

長青領著沈世安去了花圃，大多數人方才已經和他打過招呼，這會兒見他有意避開人群，也識趣地不跟過去，可偏偏就有那特別討厭的人硬要湊上來說話。

「唷，這不是小五嗎？」

沈世安剛剛站定，就聽到一個熟悉又令人厭惡的聲音傳來。他表情微冷，微微側過身朝對方扯出一個假笑道：「齊王爺。」

「怎麼不叫我四皇兄？這麼生分啊？」齊王沈清用扇子敲了敲手心道：「對了，你那王妃呢？剛剛她可是出了好大的風頭，估計秋語那丫頭這會兒正躲起來哭呢，想不到那小王妃看著像是個軟包子，實際上還挺厲害的嘛，你可慘嘍。」

沈世安不喜歡他評價夏瑤時的語氣，皺眉道：「與你無關。」

「怎麼會與我無關，那可是我的弟媳。」沈清四處張望了一下，沒見到夏瑤，倒是注意到沈世安手中的手杖，調侃道：「唷，你不就是看不見而已嗎？怎麼還拄上枴杖啦？」

夏瑤解釋完怎麼用水杯敲擊出不同的音調，見幾個姑娘都躍躍欲試地要了杯子去玩，便和上官燕走出亭子去找沈世安，剛走到花圃外圍，就瞧見沈世安對面站了一個華衣男子。

她正猶豫著要不要等他們聊完再過去，就聽見上官燕「唉唷」了一聲。「這不是齊王爺嗎？他們怎麼又湊到一起了？」

夏瑤知道齊王沈清，想起望月說的事，頓時著急起來，她見沈世安的表情不是很好，便拉著上官燕要去給沈世安撐場子。

此時馬場那邊突然一陣騷亂，有人大叫。「馬兒受驚了，來人啊！快把馬攔住！」

夏瑤跟上官燕嚇了一跳，轉頭看去，就見一匹黑色的高頭大馬飛速朝這邊跑來，一路上驚擾了許多飛鳥。

沒人敢貿然攔下那匹馬，只能將牠往人少的地方趕去，夏瑤觀察了一下情況，心頭一沈，朝趕馬的人叫道：「別過去！兩位王爺在那裡！」

此刻說什麼都已經來不及了，黑馬速度飛快，瞬間就抵達那片風信子開得正盛的花圃，掀起了一片紫霧，夏瑤只來得及驚呼。「王爺！」

沈清不會武功，見馬兒直直朝自己衝來，嚇得手腳冰涼，僵在原地，後悔為什麼偏偏要在這個時候過來惹沈世安，怕不是要把命搭在這兒了？才剛想完，他就感覺到自己被人猛然一把拉開摔在了地上，那匹黑馬從他身邊一躍而過。

是沈世安！他心中大震，還沒來得及感激，就見那黑馬轉了個方向朝另一邊跑去——是今天的客人們帶著幼童玩樂的地方。

沈世安聽力極佳，黑馬從他們身旁跑走時他就注意到牠的方向了，沈清還在驚訝的時候，他已甩出手杖纏住黑馬的轠繩，馬兒飛奔的腳步被拖住了一下，他立刻順勢跳到牠背上。

這頭沈清還沒反應過來，就發現身邊的人已經消失，他倒抽了一口氣喊道：「小五！你瘋了！」

沈世安看不見周遭，但能聽見耳邊此起彼伏的驚呼聲，他把韁繩繞在自己手臂上，引導著不知為何受驚的馬兒往沒有人聲的地方跑去。

表面上一切全在掌控中，可沈世安心裡卻沒底。馬兒瘋起來哪怕是懸崖也會直衝下去，好在這馬已經耗費了不少精力，終究在他的控制下漸漸冷靜下來，速度也放緩了。

沈世安拍了拍牠，道：「認識回去的路嗎？往回走。」

莊子上已然亂成一鍋粥，皇后舉辦的宴會上，馬兒受驚，沈清摔倒時扭傷了不說，若是沈世安再出點什麼事，可不是砍腦袋就能解決的問題了。

夏瑤朝沈世安騎馬離開的方向跑了一會兒，卻什麼也沒看見，心中慌亂不已，望月已經被她派出去找人了，但是這地方這麼大，壓根兒不知從何找起。

「王爺不會有事的。」上官燕跟在夏瑤身邊安慰道：「他的功夫哪怕和軍營那些將軍相比也不落下風，既然騎上了馬，就不會有大問題。」

「但他看不見啊！」夏瑤憂心忡忡，踮起腳尖又往前面看了看，卻意外瞧見一個迅速移動的黑點，她喃喃說道：「等等，那是不是王爺？」

見沈世安回來，在場因為各種原因而擔心的人全都鬆了一口氣，夏瑤快步迎了上去，卻在看到他半邊袖子被血染紅時腳下一軟，差點癱坐在地上。

沈世安的衣服是淺色的，浸了血之後可謂是觸目驚心，連上官燕都不由得白了臉，喊道：「快請太醫！」

沈世安被夏瑤扶著，問他哪裡受傷了，他只微微偏了偏頭說：「受傷了？難怪我覺得疼。」

他看不見血，只當是自己韁繩勒得太緊才疼，夏瑤不知道傷口情形如何，也不敢碰他，只能皺眉看著鮮紅色的血液順著他的指尖滴落，在翠綠的草地上留下鮮紅的印子……她眼前不禁發暈。

太醫剪開沈世安被血黏住的衣服，卻見半邊臂上都是血，一時之間連傷口都找不到。

聽了消息趕來的皇后看得心驚膽顫，捂著胸口道：「這要是讓陛下知道了，今天怕是沒人落得了好。」

沈世安清楚自己哥哥的脾氣，趕緊說道：「皇嫂別和他說就是了，反正我也不常進宮。」

皇后放下手道：「本宮可不敢瞞他！罷了，本宮先去處理外面的事，實在是見不得這場面。」

太醫用溫水擦掉血跡，對一旁唇色發白的夏瑤勸道：「瑞王妃莫擔心，看著雖可怕了些，但好在沒傷筋動骨，都是皮外傷，養養就好。」

沈世安握了握她的手道：「不是很疼，妳若是害怕，跟皇嫂到外面等著就行。」

夏瑤拒絕了，一邊看著太醫為他消毒包紮，一邊問養傷要注意些什麼，隨後就聽見外頭傳來一陣腳步聲——扭傷了腳的沈清被人扶著進來了。

看了地上那被太醫剪下來的衣服一眼，沈清扭捏地叫了聲。「小五。」

沈世安聽力極佳，馬上發現沈清的腳不太方便，冷笑道：「來找我借枴杖？」

方才沈清因為被沈世安救了，內心懷有幾分感激跟愧疚，聽說他受傷，一時腦熱便趕了過來，如今聽他這語氣，心中那點感動一下子就煙消雲散。

沈清剛要開口損沈世安，突然覺得腦後一涼，轉頭便看見那個模樣跟剛蒸好的包子似的小王妃一臉不善地看著他，那目光莫名讓他憶起小時候最害怕的夏丞相，到了嘴邊的話頓時嚥了回去，只支支吾吾道：「要不是看在你拉了我一把的面子上，你當我想來看你？」

大概是沒想到他會說出這種話來，沈世安沈默了一會兒，片刻後還是不適應他的轉變，冷冷道：「看完了還不快滾？」

沈清噎了一下，看向他手臂上的傷口，竟是難得的沒說什麼，轉身離開了，沈世安皺了皺眉頭，嘟囔道：「莫名其妙。」

夏瑤看著沈清一瘸一拐的背影，抿了抿唇，覺得這位齊王可能不像傳說中那麼討厭沈世安。

沈世安受傷的消息最終還是傳到了陛下耳中，聽上官燕說，陛下震怒，命人徹查此事，好在那匹無辜的黑馬提前被沈世安帶了回來，不然只怕沒了小命。

那些因為沈世安而倖免於難的幼童，他們的父母確實心存感激，不過也生出藉此攀關係的心思。畢竟陛下登基至今時間尚短，少有人知道他的脾性，只知瑞王是他放在心尖上的弟弟，想和他親近的人不計其數，如今總算是有了機會，自然不會放過。

沈世安原本就是喜歡清靜的人，開始時還會應付一下，到後來連一些八竿子都打不著的人也上門道謝，他終究是忍無可忍，到後面誰也不肯見了，王府才恢復了昔日的平靜。

第十四章 觸動心弦

夏瑤並不是很關心那些有的沒的，她在陛下送來給沈世安補身子的補品裡發現了好東西，這會兒正喜孜孜地忙著試驗新食材。

看到新食材的時候，夏瑤其實有些驚訝，因為她認出了那是鮮奶油和奶油。製作這兩樣食材的技藝算不上多高，但是在沒有工業化生產設備的這個時代，做起來著實複雜了些，她本以為這裡是沒有的。

送東西來的公公說道：「這些食材平日不多見，製備起來很麻煩，御廚們也不知道怎麼用，陛下聽聞王妃喜歡研究些新奇的吃食，便送來給王妃試試。」

夏瑤笑咪咪地拿起還帶著涼意的罐子說道：「多謝陛下賞賜。」

奶油放在冷庫中能保存一段時間，鮮奶油卻容易壞，好在量不多。

估算了一下分量後，夏瑤打算做簡單又能存放的東西——奶油吐司和葡式蛋撻。

夏瑤以往做的食物，在烤熟或者出鍋時才能聞到香氣，這回卻不一樣。按照夏瑤的方子做起麵團和蛋撻的酥皮時，廚娘們就能聞到濃郁的奶香味，奶油和鮮奶油被揉進麵粉，隨著麵團越來越光滑，奶香味也因為手上的溫度而慢慢散開。廚娘們一邊揉一邊噱口水，心想這東西再進了烤爐，得有多香啊！

麵團放在一旁發酵，蛋撻的酥皮也做好了。夏瑤親自製作蛋撻液，畢竟難得有鮮奶油能用，蛋撻液自然要做得完美。雞蛋只取蛋黃，蛋白放在一旁等著燉雙皮奶；打散的蛋黃中加入牛奶、糖與鮮奶油攪勻靜置片刻，蛋撻液就完成了。

這會兒沒有蛋撻模，夏瑤是把蛋撻皮放在小佐料碟裡的，她心想，為了日後方便，還是得叫工匠做金屬模具才行。

蛋撻酥皮弄起來比較費工夫，夏瑤這邊處理好以後，那邊的麵團也發酵得差不多了。

麵團要用來做奶油吐司，夏瑤早就要工匠做了長方形的吐司模具，過去一直無用武之地，這會兒總算能用上了。

發酵好的麵團微微帶了些奶油黃的色澤，胖嘟嘟、軟乎乎的，整齊地排在長方形吐司模具裡，看著就讓人開心。夏瑤把幾個吐司模具放在廚娘手中的托盤上，準備去大廚房用烤爐。

其實要在小廚房裡弄個烤爐也不麻煩，但是夏瑤就是愛去大廚房刺激一下那裡的廚師們，畢竟有動力才能進步，不讓他們知道食物可以這麼美味，怎麼會努力去做呢？

兩樣東西烤起來的時間都不長，夏瑤一道放進了烤爐中。

待奶油吐司慢慢上色，蛋撻上出現焦糖色的斑點時，就算烤爐的門還關著，也無法擋住那滿是濃郁奶味的香氣。

片刻後，在院子外幹活的兩個丫鬟不約而同地停下了手裡的動作。

「王妃又在做什麼好吃的吧？」年紀大一點的丫鬟滿臉雀躍地說：「好香啊，這回怎麼連在院子外都能聞著？」

「上回我去王妃院子裡，正好碰上廚娘們跟著王妃學做吃的，王妃見我過去就順手賞了我一個，那是我這輩子吃過最好吃的東西了！」另一個丫鬟滿臉回味地說著。

「我說呢，妳最近怎麼一有點王妃的事就跑得特別勤快，」大一點的丫鬟點了點她的眉心道：「我還當妳起了什麼別的心思，原來是為了吃的！」

「姊姊別生氣嘛。」年紀小一些的丫鬟抱著她的手臂說：「小環姊姊不讓我老是去打擾王妃，我才不敢和妳們說的，下次我讓給姊姊去？」

大一點的丫鬟正想說「誰要妳讓」，但聞到空氣中那股甜香，她忍不住嚥了嚥口水，算是接受了。

廚房裡的夏瑤不知道她又誘發了別人的嚮往，正差人用厚布包著模具將奶油吐司倒扣出來。鬆軟的吐司像雲朵似的，用手一按就一個坑，鬆了手還會彈回來。

這吐司是夏瑤準備切片做三明治的，並不打算現在就讓人吃，她留了兩個蛋撻給阮師傅，便帶著烤好的東西離開了。

阮師傅已經習慣夏瑤會留一些食物讓他嚐味道，他在眾人羨慕的眼神中拿起一個金黃甜香的葡式蛋撻。

蛋撻外面的皮烤製後層層疊疊，每層都比紙還薄，一口咬下去，酥皮「咔嚓」一聲脆響，掉了些渣子下來，阮師傅趕緊伸手接住。

至於蛋撻裡面裝的，阮師傅只知道烤之前看起來像是水，烤完之後卻凝固了，吃起來比最軟的豆腐還要嫩滑，帶著淡淡鹹味的酥皮，襯托出了內裡的甜味。阮師傅忍著燙嚥下嘴裡那塊蛋撻，又迫不及待地一邊吹著氣，一邊繼續咬下一口。

邊上圍著的眾人已經不想問他味道怎麼樣了，看阮師傅的樣子就曉得肯定好吃得不得了，這會兒就等著阮師傅自己良心發現，能把剩下的點心給他們嚐個味。

夏瑤今天準備的飲料是蜂蜜檸檬紅茶，因為蛋撻裡已經有很多鮮奶油、奶油和牛奶，搭配清爽的飲料最合適。

沈世安受傷之後暫時沒辦法練劍，他又不喜歡出去逛，所以這陣子夏瑤都在講故事給他聽，拓展他的想像力。

夏瑤不曉得這個時代的小孩子聽些什麼故事，書店裡那些話本她又覺得無趣，所以她為沈世安講的都是自己小時候看過的童話，像是《灰姑娘》、《豌豆公主》、《美人魚》之類的。

誰知沈世安無情地吐槽了每個故事，而且角度刁鑽，讓夏瑤無言以對。

像是《灰姑娘》。

「既然有神仙教母，為什麼她在灰姑娘被欺負時都沒有出現，偏偏只在她要參加皇室舞會時出來呢？神仙教母其實是皇室派來的嬤嬤吧？就為了替王子找一個軟弱可欺的妻子。」

又像是《豌豆公主》。

「如果底下有四十層被子墊著，她還能被硌得青一塊、紫一塊，那之前淋雨的時候，她不是早被雨滴砸死了？所以我覺得，她是看到了皇后放在床上的豌豆，故意編出這種謊話來騙人的。」

還有《美人魚》。

「她只是不能說話而已，難道連字都不會寫嗎？再不濟還能畫畫吧？為什麼無法告訴王子真相？」

……夏瑤完全回不了嘴，畢竟他每個吐槽都精準戳中了故事的邏輯漏洞，讓人無法反駁，只能懷疑看這些童話看得津津有味的自己難道是個傻子嗎，為什麼一點都不覺得有問題？

這回夏瑤抱著故事又要被挑漏洞的心情進了書房，她將東西放在桌上說：「王爺先嚐嚐蛋撻，是用陛下賞賜的鮮奶油和奶油做的。」

沈世安接過她遞來的蛋撻，蛋撻烤好有一會兒了，溫度正合適，他低頭咬了一口，嚥下去後點點頭道：「這個比妳先前做的那些點心都好吃。」

那當然了，葡式蛋撻，歷久不衰的經典啊！夏瑤為他倒了杯蜂蜜檸檬紅茶，自己也拿了一個蛋撻，說道：「你覺得好吃的話，一會兒派人送一些去宮裡吧，畢竟是用陛下賞賜的東西做的。」

沈世安本想拒絕，但是再一細想便同意了。「行，鮮奶油跟奶油這類東西，如今只供給宮裡，我帶個信給皇兄，讓他以後派人多送一些來。」

夏瑤有些猶豫地說：「這樣行嗎？之前送東西來的公公說了，量不多。」

「這有什麼？」沈世安端起蜂蜜檸檬紅茶喝了一口，恰到好處的微酸，消除了蛋撻略微甜膩的餘味。他心情大好，想到還能敲詐親哥，頓時更開心了，說道：「宮裡也不會用這些東西，還不如拿來給妳，也能順帶嚐到些新點心。」

他都這麼說了，夏瑤當然沒意見，她還有不少西式點心想做呢！將這件事暫時拋到腦後，她笑咪咪地說道：「來講故事吧，今天要說的是《白雪公主》。」

「從前有一個美麗的女孩，名字叫白雪公主，她有著烏木般的黑髮、白雪般的肌膚，和玫瑰花般鮮紅的嘴唇……」

夏瑤端著茶杯，慢慢講述記憶中的童話。陽光灑進書房，沈世安撐著頭靠在窗邊聽她講故事，他纖長的睫毛在眼下映出一片陰影，模樣看來格外乖巧，但是夏瑤知道這不過是假象，很快他就會……

「皇帝去世了，這個國家只有皇后和公主，那皇后應該不是皇后，而是女王吧？這是一個女人也能當皇帝的國家？」

果不其然，故事才剛開始沒多久，沈世安就挑起刺來。

夏瑤接受現代和西方文化薰陶多年，並不覺得《白雪公主》的故事有哪裡不對，聽沈世安這麼一說，她點點頭道：「對，我說的這個地方，女人也能當皇帝。」

沈世安示意她繼續往下說。

「……魔鏡這次給出了不一樣的答案：『白雪公主是這個國家最美麗的女人』，皇后一聽非常生氣，想找人殺死白雪公主。」

「等等，」沈世安又有問題了。「一個女王和一個可以當女王的公主，為了誰是國家最美麗的女人殺得妳死我活，莫非這個國家中誰最美麗，誰就能當統治者？」

夏瑤沈默了一會兒，問道：「你還聽不聽？」

沈世安抿了抿嘴說：「聽，不過我覺得這個故事比前面幾個更傻。」

這回夏瑤得以順利地講完故事，結束之後，沈世安異常的安靜，夏瑤喝了一口茶舒緩自己的嗓子，問道：「你怎麼不挑刺了？」

沈世安為難地說道：「問題太多了，一時不知道從哪個環節開始說。」

夏瑤乾脆往旁邊的貴妃榻上一坐，說道：「你慢慢問，反正沒事。」

「既然皇帝已經過世，這個國家又只剩下皇后和公主能當女王，而且公主看起來還挺樂意成親的，那麼皇后為什麼不乾脆找個鄰國王子把她嫁過去，這樣她就是這個國家最美的女人了啊，何必兜兜轉轉，搞得自己沒有容身之處呢？」沈世安蹙眉道：「這故事實在有些侮辱我的腦子了。」

其實關於這些西方童話，現代已經有不少改編電影，裡面的公主們也不再這麼戀愛腦，而是獨立又勇敢，但是沈世安身為古代人，居然聽得進這些故事，夏瑤還是挺驚訝的。她想了想，說道：「你覺得女人做皇帝沒什麼問題嗎？」

沈世安笑了，說道：「說實話，我小時候一直以為皇姊以後也能繼承皇位，後來大家告訴我不行，皇姊好像也沒那個意思，我便把這件事拋之腦後了，妳這個故事若是講給別人聽，必定要被說離經叛道。」

夏瑤愣了一下，心中突然有些觸動。其實她來到這裡之後，一直不覺得自己無法適應，直到參加春日宴那天，才略微感受到自己的確身處古代。她之所以過得算自在，是因為沈世安不會像其他人一樣將妻子當成附屬品，而是實實在在地把她當作一個平等交流的人。

她又想起那天在街上買布時遇到的石秀才。雖說這個時代把妻子當成婢女的仍是少數，但大多數人對妻子的定位，不過是從婢女提升到寵物罷了，若有哪個女人敢說自己也能當家做主，絕對會被嘲諷唾罵。

沈世安見夏瑤半天不說話，以為她生氣了，有些猶豫地說：「也不是完全不能講，要不妳去和皇姊說說看？我覺得她應該能接受。」

「沒關係啦，只是些故事而已，我講給你聽也是為了打發時間。」夏瑤從自己的思緒裡回過神來，歪頭打量了一下沈世安，說道：「不過我突然覺得你特別好，想抱抱你。」

沈世安的手抖了一下，杯子掉回桌上，濺出幾滴茶水，他有些慌亂，耳根通紅道：「妳、妳一個姑娘家，說話怎麼……怎麼能這麼……」

夏瑤忍不住笑出來，看來在某些方面，沈世安依舊是個古人。

說想抱他，也是心中一時觸動，這會兒看他害羞得整個人都僵硬了，夏瑤便起身端走空盤子，留下蜂蜜檸檬紅茶，說了句「晚上給你做好吃的」就走了。

沈世安一個人在椅子上坐著，半晌之後茫然地眨了眨眼睛，心想：不是說想抱他嗎？

由於沈世安受傷，夏瑤這幾天都在想辦法讓他多吃些肉，補充蛋白質與鐵質，宮裡賞下來的那些燕窩、紅棗什麼的都被她扔到一邊了。有這工夫，不如多吃幾個雞蛋，吃什麼燕子的口水啊，勞「命」傷財，還不如雞蛋的蛋白質好。

一進廚房，夏瑤就聞到了濃郁的醬香味。今天莊子送了帶皮的五花肉來，她一瞧見就趕緊讓人拿出來處理了。

五花肉洗淨血水之後，加入薑片和蔥段焯水去腥，之後不放油，在鍋裡用小火煎一遍，逼出肥肉中的油脂，這樣既可去油膩，肉還容易酥爛。隨後在鍋中加入碎冰糖、香料、醬油和桃花酒，酒主要是為了去腥，若有青梅酒的話更好——夏瑤心想，到了青梅產季，一定要多釀些酒存著用。

佐料加好之後，繼續用小火燜煮，夏瑤用的是陶鍋，就算熬的時間長一些，肉也不會焦。這鍋肉她中午就燉上了，到了這會兒味道開始慢慢飄出來，惹得整個院子的人心神不寧，時不時就想湊到小廚房門口聞一聞。

夏瑤用布包著鍋蓋打開，拿根筷子戳了戳，發現瘦肉能戳透了，就叫人熄了火。陶鍋散熱慢，若是再燉下去，到晚飯的點時肉都要散掉了，這會兒用餘溫再煨一會兒就行。

望月從門口悠然自得地進來，聞著空氣裡的肉香，不禁嚥了嚥口水，湊過來問道：「王妃，今天有沒有屬下的份？」

飛星與望月兩人說是侍衛，其實算是王府中的劍客，身分和一般的僕從不同，所以說話也放肆些。

夏瑤向來對望月縱容，笑道：「知道妳愛吃肉，我燉了兩鍋呢，另一鍋妳等一下和晚秋、小環她們一起吃，把妳弟弟也叫上。」

望月歡呼一聲，跑出去通知其他人這個好消息，旁邊的廚娘們則是面面相覷。說不羨慕那是假的，不過誰敢像望月那樣跟王妃討吃的呢？

夏瑤看出她們的心思，開口道：「我做吃的向來不藏著掖著，妳們哪天能學會這紅燒肉的作法，還不是敞開了吃？」

王府向來不缺吃的，也不會少了下人們幾口肉，聽夏瑤這麼一說，廚娘們心頭一喜，深深吸著那濃郁的香味，學習的動力更強了。

夏瑤看著她們充滿鬥志的表情，在心裡為自己鼓掌——興趣果然是最好的老師！

第十五章　莊園散心

自從夏瑤自己做飯之後，王府的晚餐菜餚精簡到了三樣——一葷一素一湯，最多再有個飯後點心，這還得看她的心情。

紅燒肉燉了一下午，湯汁濃稠、紅潤晶亮，牢牢覆蓋在紅燒肉上。肥肉不膩、瘦肉不柴，香糯軟爛，一點也不塞牙縫，尤其是外面的肉皮，還微微保留了一些韌勁，咬起來Q彈，嚼了幾下後還有些糊嘴，最受夏瑤喜愛了。

她一邊吃著紅燒肉，一邊在心裡踩了糖醋排骨一腳——還是紅燒肉好吃，不用吐骨頭，一口一大塊肉，滿足！

吃了一塊紅燒肉，順便扒光碗裡那被湯汁浸透的米飯，夏瑤抬頭看了沈世安一眼，見他腮幫子鼓鼓的，活像隻倉鼠，不由得笑起來。

她初見沈世安的時候，覺得他像個吸風飲露就能過活的仙人，現在被她養了段時間，臉上總算有了些肉，像個真人了。

看到沈世安連著吃了兩塊肉，夏瑤伸手挾了一筷子清炒蘑菇放在他碗裡道：「別光吃肉，吃點素的。」

蘑菇也是今天送來的，很是鮮嫩，怎麼做都好吃，沈世安沒意見，一口扒拉進嘴裡，把空碗一伸道：「再添一碗。」

夏瑤咂了咂嘴，心想二十出頭的年輕人真是能吃，若不是沈世安最近受傷沒練劍，消耗得少，不然這一鍋紅燒肉都不夠他吃。

看著丫鬟為他盛了滿滿一碗飯過來，夏瑤心虛地看了看自己面前的空碗，按下想要再來一碗的心思。紅燒肉實在是太下飯了，光是湯汁拌飯她都能吃三碗！

不過她也知道自己眼大肚子小，肯定吃不下了，便只伸手盛了一碗芙蓉鮮蔬湯。這湯做起來簡單，就是菠菜焯水，然後和切碎的胡蘿蔔丁一起炒熟，加水熬煮，再打入一個雞蛋。蔬菜新鮮，味道格外好，夏瑤喝光了湯，滿足地嘆了口氣。

瑞王府的主子在用晚餐，蛋撻和蜂蜜檸檬紅茶也送到了陛下和皇后的桌上。

「陛下、皇后娘娘，這是瑞王妃用鮮奶油和奶油做的蛋撻。」孫公公說道：「還有這蜂蜜檸檬紅茶也是瑞王妃調的，說是配點心吃正好，瑞王爺很喜歡，便差人送了些來。」

「蛋撻？」沈澈拿起那金黃色的小點心看了一眼，說道：「這名字奇奇怪怪的。」

皇后也拿了一個蛋撻，她用另一隻手托著底部小心咬了一口，隨即驚喜道：「味道果然極好，想不到鮮奶油和奶油能做出這樣的點心來。」

沈澈咬了一口蛋撻，又喝了口蜂蜜檸檬紅茶，點點頭道：「難怪世安最近都不來要宮裡的點心師傅了，瑞王妃這手藝，可比宮裡的御廚好多了。」

皇后笑著看了他一眼，說：「難得世安捨得把點心送來給我們，倒真是長大了。」

沈澈搖搖頭笑了一聲，問孫公公。「瑞王府的人有沒有帶什麼話來？」

孫公公也笑了，回道：「還是陛下最了解瑞王爺，瑞王府的人轉達瑞王爺的意思，說既然這新奇食材宮裡不怎麼用，不如以後都送去瑞王府好了。」

沈澈回頭對皇后說：「看吧，送了幾塊點心，就要把朕宮裡的東西全拿走呢。」

皇后抿著嘴笑了一會兒，端起桌上剩下的幾個蛋撻說道：「陛下嚐過了，本宮就拿去給太后和淑太妃嚐嚐，淑太妃原先還擔心世安出了宮會吃不好呢。」

沈澈「唉」了一聲，伸出去的手落了空，只能眼睜睜看著點心被皇后拿走。

一旁的孫公公問道：「陛下，王爺那邊……」

沈澈氣得一瞪眼，回道：「能怎麼樣？給他唄！對了，告訴他下次做了新的點心時再送一些過來，算利息。」

孫公公樂顛顛地應下，轉身走了出去。

沈澈砸了咂嘴，端起蜂蜜檸檬紅茶又喝了一口。這小子倒是運氣好，撿了個媳婦兒不說，手藝還比御廚更好，難怪不愛回宮裡……

為了養傷，沈世安一直在王府裡待著，夏瑤總覺得他會悶出毛病來，恰好這會兒天氣還不熱，她便提議去莊子上玩玩。

沈世安對此自然沒有意見，夏瑤就開心地去叫人準備了。

因為起不來，夏瑤平日是不做早餐的，不過昨天既然做了奶油吐司，她便特地起了個大早，準備做自己以前常吃的經典早餐——雞肉三明治。

三明治做起來很簡單，將蔬菜、肉和醬汁夾起來就行了，夏瑤進入廚房時，廚娘們已經備好了她要的雞腿肉。

雞腿肉吃起來比雞胸肉嫩，夏瑤和沈世安又不需要減肥，她當然是選味道更好的雞腿肉。

往雞腿肉塗上一些鹽和胡椒醃漬一會兒，再洗掉多餘的鹽分，放進鍋裡煎熟就行。吐司昨天放涼之後就切成片了，因為沒有專用的吐司刀，切得比較厚，夏瑤拿了兩片出來，在鍋裡熱了一下，讓吐司兩面微微有些焦黃，香味很快就出來了。

接下來拿一片吐司，抹上夏瑤自己熬製的黑胡椒蘑菇醬，鋪上一層切絲的高麗菜，然後放上雞腿肉，加進一個半熟的煎蛋，最後再塗一層醬料，蓋上另一片吐司。

可惜沒有番茄跟酪梨……夏瑤一邊想，一邊對半切開吐司。

這個三明治挺有分量的，她吃一半應該就飽了，不過沈世安飯量大，只怕不夠。剛好廚娘們在揉做饅頭要用的麵團，夏瑤便捏了一團過來，攤了張薄薄的餅，在鍋裡烘熟之後，為沈世安做了個雞肉捲。

夏瑤往雞肉捲裡放高麗菜絲，覺得要快點建議沈世安蓋個蔬菜溫室了，如今小黃瓜、番茄都只能在夏天吃，讓她這個現代人實在是很不適應。

三明治和雞肉捲做好，再讓廚娘盛了兩碗花生紅棗豆漿，夏瑤便讓人把早餐擺到院子裡，要小環去請王爺過來。

「吐司夾雞肉。」夏瑤把用紙包好的三明治放進沈世安手中道：「這個無法用筷子挾，得拿著吃。」

沈世安有些不習慣，不過摸到外頭包著一層紙時便釋然了，低頭咬了一口。

鬆軟的吐司裡夾著脆生生的蔬菜和香嫩的雞腿肉，醬汁很提味，微微有點辣，卻又被半熟雞蛋的柔和口感中和掉了，各種味道在嘴裡融合，還沒來得及細嚐就被嚥入喉嚨，誘惑著人再咬下一口。

夏瑤這邊剛吃了半個，沈世安已經吃完了，她將桌上的雞肉捲遞過去道：「沒吃飽吧？還有個雞肉捲。」

雞肉捲也好吃，外層的麵皮很薄，比吐司有嚼勁，還有股純粹的麥香味，沈世安吃完雞肉捲，抱怨道：「裡面沒有雞蛋。」

夏瑤對他的食量有了新的認知，笑著說：「下回加給你。」

莊子上東西齊全，夏瑤只準備了一些衣服。春天不冷不熱，是最令人舒服的季節，可惜就是有些短，過陣子就要熱起來了。

要前往位在城郊的莊子，就是坐馬車也得花個大半天，夏瑤起得太早，加上馬車晃晃悠悠的，不知道什麼時候就睡著了，還是被沈世安叫醒的。

夏瑤迷迷糊糊地睜開眼，就看到自己面前有一個看起來很完美的下巴，她心想：這是多好看的人啊，連這種死亡視角都扛得住，片刻後才反應過來——自己躺在了王爺腿上。

「啊！對不起對不起，我睡著了。」夏瑤嚇得猛然彈了起來，說道：「王爺你腿麻了嗎？我是不是睡了很久？」

對沈世安來說，夏瑤根本不重，他腿也不覺得麻，而且夏瑤原本是靠在邊上睡著的，他聽到她的腦袋不停在車壁上磕得砰砰響，實在忍不了，才把人挪到自己腿上。

不過不知道為什麼，他不想說實話，只是輕輕點頭道：「有一點。」

夏瑤頓時愧疚地說道：「那、那我幫你揉揉吧？」

沈世安搖搖頭說：「不用了，我下去走走就行。」

夏瑤非常積極地站起來說：「那我扶你！」

沈世安嘴角翹了翹，心情莫名變好，應了聲。「嗯。」

自從有了手杖，夏瑤已經許久沒扶著他的手臂走路了，沈世安在夏瑤的攙扶下慢慢走著，還時不時聽她問：「好點了嗎？腿還麻嗎？」

夏瑤身上的味道很好聞，不像沈世安以前遇到的那些想要靠近他的女人，總是帶著嗆人的香味。她的味道經常變來變去，這段時間她總在用奶油和鮮奶油做吃的，就有股淡淡的奶香；前段時間釀酒，就滿身的桃花和蒸糯米香氣，讓人覺得格外安心。

莊子周圍大部分是農田，夏瑤扶著沈世安在平整的田埂上走著，看到不少時常出現在王府大廚房裡的蔬菜。

田裡的人自然知道沈世安是誰，全都過來行禮，沈世安擺擺手道：「你們去忙。」

這時候他看起來又成了一個不食人間煙火的王爺了，夏瑤抬頭好奇地看著沈世安，覺得有趣。

農田裡的味道並不好聞，夏瑤前世雖然算不上養尊處優，但是身為在都市長大的孩子，還真沒怎麼來過這種地方，沈世安敏銳地察覺到她時不時就屏住一會兒氣息，接著又忍不住似的重重呼吸幾下，隨後再屏住氣息，讓他差點笑出聲來。

「走吧，我們去別的地方轉轉。」沈世安說道：「後面還有一片果林，這會兒枇杷和櫻桃應該能吃了。」

「有枇杷和櫻桃？」夏瑤立即氣也不閉，甚至不覺得這裡難聞了，驚喜地跳起來說道：「那我們快去吧！」

果林裡的枇杷與櫻桃果然已經成熟了，枇杷樹上一串串金色的果子沈甸甸地掛著，夏瑤伸手摘了一個，剝開之後咬了一口——果肉甜、汁水多，很是美味。不過枇杷吃起來有些麻煩，而且果核很大，相較之下，夏瑤更喜歡櫻桃。

這裡的櫻桃成熟之後是橙紅色的，皮很薄，夏瑤摘了一顆在衣服上擦了擦就扔進嘴裡——果肉清甜柔軟，果核也小，很是解渴。夏瑤又摘了幾顆，朝沈世安嘴裡塞了一顆，問道：「等一下就在這裡野餐怎麼樣？」

沈世安疑惑地問道：「野餐？」

夏瑤沒想到沈世安不知道什麼是野餐，解釋道：「就是在外面用餐，我們可以在樹底下支一個架子烤東西吃。」

「在外面做吃的？」沈世安臉上浮現了一絲嫌棄，說道：「不髒嗎？」

夏瑤堅定地拍了拍他的手道：「我會讓你體會到野餐的樂趣。」

他們抵達莊子時已經過了午餐時間，也未正式用飯，只隨意用了些點心，這會兒夏瑤一吩咐下去，很快便有人把她要的東西準備好了。

夏瑤不太愛吃魚，但烤魚是例外。新鮮的魚清理乾淨，刷上一層醬汁後用木棍串好，烤得外皮酥脆、魚肉鮮嫩柔軟，一條都不夠吃。

雞翅劃上幾刀，先用椒鹽醃一會兒，然後串在細細的木棍上，一邊烤一邊刷上蜂蜜，等外面產生一層薄薄的焦糖時就好了，吃的時候擠上一點檸檬汁，清新解膩。

蘑菇去掉底下的菌柄，倒著放在鐵盤上，撒一些鹽，烤的時候湯汁會慢慢溢出來，很是鮮美，喝掉湯汁之後再撒一些黑胡椒，咬一口菌肉，鮮嫩彈牙。

年糕烤來吃是最棒的，烤完後刷上一層醬料，外層是香噴噴的糯米脆殼，裡頭的年糕則是又軟又黏。

菜吃得差不多時，夏瑤用樹枝從快熄滅的火堆裡搜出之前埋在裡頭的烤地瓜，用厚布包著拿起來，吹著氣剝開一個，金黃色的地瓜肉綿軟甜香，讓人看了就流口水。

夏瑤分了一半烤地瓜給沈世安，片刻後就見他總是乾淨白嫩的臉上多了兩道黑色的印子，不禁笑得讓嘴裡的烤地瓜掉出來滾到地上。

沈世安剛吃了一口烤地瓜，茫然地聽著她笑，有些不知所措，夏瑤欣賞夠了，良心發現地幫他擦了擦臉，摸著摸著覺得手感不錯，又多擦了兩下，說道：「吃到臉上了。」

這回沈世安不再慌亂，只是微微臉紅。有些事，次數多了好像就習慣了。

野餐花費的時間長，他們開始得也晚，東西吃完的時候天色已經暗下來了，夏瑤聞了聞身上的柴火味，想先洗個澡。

莊子上沒有王府裡那種浴池，只能用木桶泡澡，坐在裡面倒是挺舒服的。不過夏瑤很清楚，在水溫高的情況下，這種整個人泡進去的作法很容易造成暈眩，她不敢冒險，稍微泡了一下就出來了。

雖然她和沈世安還是分開住，但是這次待在同一個院子裡，夏瑤洗完澡後嫌屋子裡太熱，換了衣服就跑去院子裡乘涼，轉頭見沈世安房裡還亮著，便問道：「王爺還在洗澡？」

小環點點頭，說道：「王爺剛剛讓長青去取櫻桃了，王妃稍等一會兒就能吃。」

夏瑤正口渴呢，一邊讓小環擦頭髮，一邊喜孜孜地等著自己的櫻桃，結果櫻桃還沒來，就聽沈世安那邊傳來東西倒地的聲音，還有一聲悶哼。她反應飛快，從石凳上跳起來衝到沈世安房門口喊道：「王爺！」

房間裡傳來沈世安的聲音。「別進來！」

誰知夏瑤已手快地推開了房門，她尷尬地回道：「我已經進來了。」

莊子裡的房間不如王府精緻，他們都是在屏風後面洗澡的，夏瑤探頭瞧了瞧，見到屏風邊上有一大片水漬，問道：「王爺是把浴桶弄倒了嗎？」

此刻沈世安正手足無措。他方才一邊洗澡，一邊想著飛星送來的信上寫的事情，後來因為太熱了想起身，豈料剛站起來就一陣頭暈，加上浴桶有些小，一下子就被他整個帶翻了。衣服和毛巾都放在旁邊，可他根本看不見，甚至不曉得屏風的具體位置，最大的問題是，他好像扭到腳了，現在根本動不了。

房間裡其實還挺亮的，夏瑤瞧見放著沈世安衣服的架子就在屏風旁邊，也看得到他全身僵硬、坐在屏風後地板上的影子。猶豫了一下，她開口道：「我幫你把衣服拿過去吧？」

「不要！」沈世安迅速拒絕，隨即有些緊張地說道：「妳、妳出去一下，我自己拿。」

「好吧。」夏瑤見沈世安似乎沒事，也明白他有多不自在，便只提醒他。「衣服在你左手邊大概三步遠的地方。」

沈世安聽見夏瑤把門關上的聲音，這才試著去拿衣服，但是他的手還沒好，腳又傷了，這麼做顯然是高估了自己目前的行動力。

夏瑤剛闔上門沒一會兒，就聽見裡面又發出聲響，而且那種動靜不像是他順利拿到衣服了，她有些不放心地再次推開了門。

第十六章　夢境生異

這回場面可就好看了，不光浴桶，連屏風也倒了。

夏瑤進門的時候，沈世安正費力地把屏風從自己身上推開，她一眼就看見他光裸的肩膀，不得不開口阻止他，免得等一下他因為過於羞憤和自己絕交。「呃……王爺？」

沈世安的動作頓時停了下來，抓著屏風進退兩難，夏瑤實在是看不下去，走到旁邊拿過毛毯，將他整個人圍了起來，真誠地說道：「我什麼都沒有看見。」

一陣兵荒馬亂之後，沈世安總算穿好了衣服，坐在床上讓隨行的大夫為自己重新包紮手臂的傷口。剛剛摔跤的時候他用手撐了一下地，讓原本快要癒合的傷口又流血了，好在腳上的傷不重，只是扭了一下，大夫說休息幾天就行了。

夏瑤在一旁看著，深深覺得匪夷所思，怎麼會有人洗個澡就把自己折騰得這麼慘？說真的，前太子需要暗殺他嗎？放著不管，他自己就能把自己搞死吧?!

送走了大夫，沈世安默默縮進被子裡，把自己藏了起來。夏瑤有些擔心地趴在他床邊，察覺他的情緒非常低落。

想來也是，生病的人總是脆弱一點，看不見又不能動，無論是誰都會很難受的。

長青已經把櫻桃拿來了，夏瑤小聲問道：「王爺想吃櫻桃嗎？」

沈世安的聲音悶悶地從被子裡傳出來。「不要。」

夏瑤想了想，又問道：「要不我給你講故事吧？」

沈世安沈默了一會兒，似乎有些惱怒地說：「不要！」

夏瑤咬了咬唇，想著要做點什麼好讓他開心些，結果沈世安就翻了個身背對著她，說：「我想睡了。」

也對，今天馬車上只有她睡了，沈世安一直醒著，晚上又遭了罪，應該累了，於是夏瑤起身道：「那我叫長青來守著你吧。」

回了自己房間，夏瑤有些愁眉不展，抬頭看了看，便把屋梁上的望月叫下來聊天。

「王爺是不是封閉自己了？」夏瑤告訴她事情的經過，說道：「他第一次對我這麼沒耐心。」

「王爺一直都沒什麼耐心吧。」望月下了屋梁也不老實坐著，蹺腿坐在椅子上，拿了顆櫻桃吃了，說道：「不過屬下覺得，他現在這樣應該不是受傷的關係。」

夏瑤有些不解地說：「那是因為什麼？我身體不舒服的時候，心情都會很不好。」

望月想了想，猜測道：「可能只是不好意思。」

夏瑤微微愣了一下，說道：「是因為我闖進去了？可我只看到一點點而已！」

嗯……也許幫他披毯子的時候不小心多看了一點吧，但她是不會承認的。

望月看了看夏瑤，面無表情地說：「王妃，您剛剛噓口水了。」

「不是，我沒有，妳別胡說！」夏瑤連連否認，心想噓個口水怎麼了，「美人」當前還不讓人噓口水了？她連摸都沒摸過，一點都沒有踰矩啊！「再說王爺怎麼會知道我看見了？我告訴他我是閉著眼睛的。」

望月這回認真地看著她，說：「王妃，王爺只是看不見，又不是傻了。」

雖然她們兩個對沈世安變臉的原因各持己見，但是都同意他的確心情不好。

「這怎麼行呢？」夏瑤說：「本來就是覺得王爺在王府太悶了，才讓他出來玩的，結果更不開心了，得想個辦法才行。」

望月點點頭，但是一點有建設性的意見都沒提出來，只問：「想什麼辦法呢？」

幸好夏瑤不需要她的意見，回道：「做好吃的吧，沒有什麼比吃東西更讓人快樂的了！」

沈世安又夢到了那個雪夜。

這個夢幾乎每隔兩、三天就會出現一次，然而受傷之後，大概是因為傷口一直在疼，出現得更頻繁了些。

那是個很冷的冬夜，外面的雪深得能埋到他的小腿，前太子沈浚突然帶人闖入他宮中，將他硬生生從睡夢中拖了出來，把那碗不知道加了什麼東西的藥湯硬是餵進他嘴裡。

他吐掉了大部分，但藥性還是迅速起了作用，他的五臟六腑都灼燒似的發疼，沈浚緊緊捏著他的下巴，滿臉譏諷。

「你早就該死了。」沈浚說道：「你那個豔冠後宮的母妃，根本就不該把你生下來，她不過有一張臉而已，憑什麼有兩個皇子?!」

沈世安想說自己根本無意和他搶那個位置，但是他太疼了，什麼也說不出來。

「她算聰明，知道自己活不了多久，」沈浚冷笑一聲，道：「還給你取名叫世安……世世平安？哼，你倒是可以去地底下告訴她這名字有沒有用。」

沈世安不曉得自己的母妃面臨過什麼狀況，她離開的時候自己還太小了。那藥湯不知道還有什麼毒性，他眼前開始一陣一陣發黑。

一臉陰狠的沈浚拽著沈世安的手臂，拖著他到外面的雪地上道：「你皇兄應該快來了，等他到的時候，就會看到自己的親弟弟已經死了。他實在太過自信，自信到覺得自己在宮外也能護你周全，想想看，到時候他會多痛苦啊？哈哈哈！」

沈世安只穿了一件單衣，冰雪很快就讓他的身體變得遲鈍起來，連疼痛似乎都沒那麼明顯了。他在沈浚看不見的角度偷偷摳自己的喉嚨，想再吐一點藥出來——不能死，他要是死了，那個傻哥哥得多傷心啊！還有府裡那位小姑娘，之前因為她的病好了，他卻沒有好，小姑娘就愧疚得幾天都心情不好，要是他現在死了，小姑娘大概會愧疚一輩子……

想到這裡，沈世安愣住了。什麼小姑娘？這夢他作過多少回了，一直都沒有變化，怎麼突然冒出一個小姑娘來？

沈世安在床上呆呆躺了一會兒，才意識到自己已經醒了。

這還是第一次，他沒有在夢中感受到生命慢慢流逝的感覺，隨後他就反應過來是什麼把自己弄醒了。空氣中彌漫著濃郁的食物香味，那種鮮活的煙火氣，將他從噩夢中救了出來。

「王爺醒了嗎？」外面有人小聲問道。

「請王妃稍等一會兒，小的去看看。」長青推了門進來，看到沈世安坐在床上，便說道：「王爺醒了。」

門外那個人聽到了，她的聲音清脆，將沈世安腦中殘餘的一點夢境掃得乾乾淨淨。

「王爺漱洗好了就出來吃早飯，我今天做了鮮肉燒賣還有鮮筍粥。」

沈世安只聽懂了鮮筍粥，完全不知道鮮肉燒賣是什麼，不過這不妨礙他的行動，快速漱洗過後，他就被長青扶著一拐一拐地走到外頭的飯桌邊。

「粥不燙了，可以直接喝。」夏瑤盛了一碗粥給沈世安，然後挾了兩個燒賣放到他的碟子裡道：「燒賣是剛蒸出來的，有點燙喔。」

沈世安低頭先喝了一口粥——柔滑鹹香，米粒已經煮開了花，在嘴裡抿一下就消失了，裡面的筍丁被切得小小的，咬起來很脆嫩。

喝了兩口粥，沈世安拿起筷子挾了一個燒賣，因為感覺不是很大，他便整個放進了嘴裡。

燒賣的皮不知道是用什麼做的，軟軟的卻有韌勁，肉餡不乾不柴，很是鮮嫩，裹著滿滿的肉汁，極為鮮美。

沈世安一口一個，不一會兒就吃掉一籠，夏瑤叫人撤走空蒸籠，臉上滿是笑意。能吃就是好事，說明他沒有封閉自己。

吃了一會兒，沈世安突然問道：「妳和上官姑娘關係不錯？」

夏瑤不知道他怎麼想起這個，不過春日宴之後她的確和上官燕很是親近，還相互寄了幾封信，於是點點頭說：「是呀。」

「叫人送個信，請她來莊子上玩玩吧。」沈世安說道：「順便把皇姊也叫來，否則她一個姑娘家單獨來不太好。」

長公主只是順便？王爺大概是皮在癢了。夏瑤一邊想著，一邊問道：「怎麼忽然想起這個？」

「我的腳這兩天大概好不了，妳一個人在這裡會無聊。」沈世安語氣平和。

夏瑤愣了愣，說道：「可我是來陪你的呀。」

「沒事，我一個人習慣了。」沈世安說道：「莊子上有馬場，後面還有山，她們都會騎馬，可以帶著妳玩。」

的確，他們兩個在這裡沒什麼事好做，人多比較熱鬧，說不定王爺也能開心一些。夏瑤覺得這是個好辦法，點了點頭道：「那我叫人去送信。」

上官燕和沈玉來得很快，沈玉也見識到了自己的弟弟有多蠢。

「要不是聽瑤瑤說了經過，我還以為有刺客來過莊子上呢。」沈玉對著受傷的沈世安毫不留情地吐槽。

上官燕正在外面的院子裡好奇地看著夏瑤打包，問道：「為什麼把這些都包起來啊？要送給別人嗎？」

夏瑤一邊蓋上食盒，一邊解釋。「今天午餐不在這裡吃，王爺說後面有座山，我們帶去山腳下吃，吃完了就爬山。」
上官燕的眼睛亮了起來，興奮道：「我還沒在外頭吃過飯呢！」
夏瑤打包好了東西，讓人先拿去山腳下佈置，隨後進屋子裡叫沈世安和沈玉出來。
她不會騎馬，沈世安腳又傷了，只能坐馬車過去，不過上官燕和沈玉是為了騎馬而來的，沈世安便帶著她們去選馬。
長青厲害得很，不過一個晚上的工夫，就不知道從哪裡弄了個輪椅來，看著雖然簡陋了點，用起來倒是沒什麼問題。夏瑤扶著沈世安坐下，一行人往馬場走去。
剛到馬場，沈玉就驚訝道：「小五，你把這匹馬給弄來了？」
沈玉說的是春日宴那天受驚的黑馬，這會兒牠正在馬場上晃悠，一見到沈世安，牠立即小跑過來，熱情地低下頭蹭了蹭他的肩膀。
沈世安抬手摸了摸牠的腦袋說：「踏雪很有靈性，我怕留在那裡，皇兄一氣之下將牠賜死。」踏雪是匹成年母馬，名字是沈世安親自取的。
「的確有可能。」沈玉看著眼熱，伸手也想摸摸，誰知踏雪噴了一下鼻子躲開了，她不由得失笑道：「唷，還不讓別人摸呢。」
夏瑤之前就來看過踏雪，對牠有一定程度的了解，她從隨身帶著的小兜裡拿出一粒松子糖道：「踏雪，妳想不想吃？」

踏雪聞到松子糖的甜香味，立即朝夏瑤湊過去，討好地用下巴頂了頂她的手。

夏瑤將松子糖塞進牠嘴裡，聽牠把糖嚼得作響，接著指了指一臉期盼地看著他們互動的沈玉和上官燕，道：「妳讓那兩個姊姊摸摸妳，我再給妳一顆。」

踏雪看了看她，又瞧了瞧沈玉和上官燕，噴了一下鼻子。

一旁的沈世安開口道：「牠說有兩個姊姊，要兩顆糖。」

踏雪用前蹄踏了踏地面，低頭看著夏瑤，夏瑤點點頭道：「行，兩顆。」

這回踏雪動了，走到剛剛沒能摸到牠的沈玉面前，低下了脖子——這是允許她摸摸自己的意思。

沈玉看呆了，愣愣地伸手摸了摸踏雪，上官燕在一旁羨慕得眼淚都要流出來了，喊道：「為什麼牠這麼聰明，居然聽得懂您說話！還有王爺為什麼也聽得懂牠說話？」

對於自己被稱讚的順序擺在馬的後面，沈世安有點不高興地說：「牠一匹馬都能聽懂人說話，我身為一個人怎麼就不能聽懂馬兒說話了？」

上官燕心想：他是說我蠢吧？是吧是吧？

被兩個人摸了一會兒，踏雪樂顛顛地跑到夏瑤旁邊討糖吃，沈世安拍拍牠，道：「我腳傷了，不能騎馬，一會兒妳自己跟在馬車後面知道嗎？」

踏雪嚼著糖，看向沈世安的輪椅，似乎有些聽不懂地歪著頭，夏瑤解釋道：「王爺腳疼，不能用力，妳看他都不能走路啦，所以不方便上下馬，今天妳自己玩。」

聽夏瑤說完，踏雪就繞著輪椅走了一圈，然後回到沈世安旁邊，四條腿一彎趴了下去，咬著沈世安的袖子拽了兩下。

沈世安看不見現在的情況，反手拍了拍牠，道：「我今天不能和妳玩。」

上官燕看見這情景，開口道：「踏雪趴下來了，我覺得牠是想要王爺騎到牠背上。」

沈世安一愣，伸手摸了摸，發現踏雪的確趴下了，猶豫道：「妳確定？我可不輕。」

只見踏雪長嘶了一聲，又拉了拉他的袖子。

踏雪的體型比其他馬兒大上一圈，很是壯實，沈世安覺得牠還算靠譜，便撐著一條腿騎到牠背上，然後拍拍牠的脖子道：「好了。」

目的達成，踏雪發出了一聲快樂的嘶鳴，前腿一撐，後腿稍微一推，毫不費力地就站了起來，載著沈世安在馬場跑了兩圈，上官燕一臉憧憬地說：「我也好想要這麼聰明的馬啊！」

最後沈玉選了匹棗紅色的馬，上官燕選了匹棕色的馬，沈世安叫人牽了一匹白色的馬過來，對夏瑤說道：「雲絮性情溫和，向來最為穩重，妳要不要試試？反正今天沒事，我們可以走慢一些。」

那匹叫雲絮的白馬甩了甩尾巴，乖乖地看著夏瑤，比起旁邊那個站著都不安分、四隻腳來回踩踏、好像有過動症的踏雪，牠看起來的確很穩重。

夏瑤欣喜地看了看牠，從兜裡掏出一顆松子糖道：「你要不要吃糖？」

松子糖成功獲得了雲絮的歡心，望月扶著夏瑤上了馬，讓雲絮載著她穩穩地在馬場走了一圈，踏雪跟在旁邊來來回回轉著，似乎嫌牠走得太慢，還用腦袋去拱牠。

沈世安拍了拍踏雪，聲音有些嚴厲。「踏雪，別胡鬧！」

踏雪消停了，繞著馬場跑了一圈，又追上了還在慢悠悠散步的雲絮，歪著頭得意地看了看牠，幸虧雲絮性情沈穩，面對這種挑釁依舊悠哉得很，絲毫沒有被打亂步調。

夏瑤看得有趣，挑了挑眉問牠。「是不是不想吃糖了？」

踏雪腳步立刻一頓，一張馬臉上浮現了震驚的表情，像是在說：人類居然如此無恥！

夏瑤頓時笑得趴在雲絮背上。

餘下的時間裡，踏雪表現得格外乖巧，時不時還期盼地瞄了夏瑤一眼，上官燕和沈玉在一旁看得目瞪口呆，覺得這馬大概是成精了。

夏瑤能騎馬，也就不用坐馬車了，空馬車被長青趕著跟在後面，以備不時之需。

第十七章　扭轉觀念

一抵達山腳下被佈置好、要用來野餐的地方，上官燕便歡呼了一聲，朝著鋪在地上的野餐毯子跑了過去。夏瑤特地差人準備了很大張的毯子，中間放了一圈吃的，邊上又放了幾個軟墊。

野餐地點是個小山坡，背後是高山，前方則是一片清澈的湖水，湖光山色，讓人心曠神怡。不過幾個人現在都沒什麼心思看景色，他們出發得晚，這會兒已經過了午餐時間，肚子早就餓了。

上官燕興沖沖地坐到毯子上，好奇地掃視了一圈，發現除了桃花酒，其他東西她都不認識。

「這是吐司夾牛肉，裡面是牛肉餅、高麗菜還有雞蛋。」夏瑤將牛肉三明治拿到他們面前。這回的三明治她切得更小，不然一個三明治就能把人餵飽，吃不下別的了。

上官燕和沈玉各自拿了一個三明治，夏瑤擦了擦手，也為沈世安拿了一個。

這是上官燕和沈玉第一次吃這種東西，一口咬下去，只覺吐司鬆軟微甜、牛肉餅柔嫩多汁，一點也不像平時吃的牛肉那樣塞牙縫；高麗菜很清脆，配上半熟的雞蛋與黑胡椒醬料，吃起來一點也不乾澀，味道微辣，非常開胃。

沈玉驚訝地看了看三明治，問道：「王府的廚子什麼時候有這種手藝了？」

夏瑤打開旁邊裝著炸雞塊的盒子，把沾醬放在中間道：「不是廚子做的，是我做的。」

上官燕嘴裡的東西都忘了嚼，愣愣地看著她，說：「妳、妳做的？」

「對啊。」夏瑤說道：「嚐嚐炸雞塊，這個是糖醋醬，要是不喜歡的話可以撒椒鹽粉。」

沈世安幾口吃完了手中的牛肉三明治，打算趁她們兩個人還在驚訝時多吃幾個炸雞塊，夏瑤炸的時候他就聞到了，香得很。

「王爺要糖醋醬嗎？」夏瑤問道，見他點了點頭，就挾了一個金黃香脆的炸雞塊，蘸了點糖醋醬，放到他面前的碟子裡。

上官燕和沈玉震驚完，就看見沈世安一口接一口地吃起了炸雞塊，一時也顧不上細問了，趕緊一人挾了一個。

雞肉本身醃漬過，外面裹上了用雞蛋和麵粉調製的麵衣，前後炸了兩次，麵衣炸得又香又脆，裡面的肉汁被鎖得牢牢的，軟嫩多汁，配上酸酸甜甜的醬料，讓人想要一直吃下去。

這會兒夏瑤打開了另一個盒子，沈玉和上官燕也不過問了，直接各自挾了一個起來——是甜點。

「茶香牛奶球。」夏瑤為沈世安挾了兩個，說道：「王爺嚐嚐有什麼不同。」

沈世安之前吃過這個，這回品嚐完後他想了想，答道：「奶味更重了，妳加了鮮奶油？」

「答對啦！」夏瑤自己也拿了一個來吃，說道：「加了鮮奶油更好吃，不過容易膩。」

上官燕伸手又拿了一個道：「不會膩不會膩，吃多少都不會膩。」

「小五實在是太過分了。」沈玉吃著鮮蝦厚蛋燒控訴道：「瑤瑤做飯這麼好吃，你居然一直都不告訴我，枉費我小時候還帶你偷偷溜出宮去玩！」

沈世安喝了一口桃花酒，看起來很是淡定地回答說：「我這不是邀請妳來玩了嗎。」

上官燕吃飽了還試圖多吃幾口，讚道：「這是我這輩子吃過最好吃的一頓飯，一想到回去就吃不到了，就讓人心酸。」

夏瑤也有些飽了，她捸著盤子裡飽滿紅潤的櫻桃吃了兩顆，說道：「倒也不一定，我最近想開間點心鋪子或飯館，妳們有沒有興趣？」

她剛說完，上官燕就激動地舉手喊道：「有啊有啊！瑤瑤妳開飯館，我一定天天去！」

沈玉倒是想得多些，說道：「開飯館倒是行，只是……妳要自己去當廚子嗎？」

「自然不是。」夏瑤說道：「我院子裡那幾個廚娘如今學得差不多了，反正我也不打算一開始就開飯館，先從點心鋪子開始唄。」

「廚娘？」沈玉驚訝地說：「妳把食譜給了別人？不對啊，我沒聽說過夏丞相家中有人會做飯，妳方子哪裡來的？」

夏瑤摸了摸下巴，答道：「作夢的時候夢到的。」

沈玉和上官燕聽了，臉上寫滿了「妳是不是當我傻」的表情。

上官燕皺了皺眉，說道：「妳是要讓妳院子裡的廚娘當點心鋪子的後廚？可是從來都沒有女人當過大廚啊，更何況男女授受不親，怎麼混在一塊兒做工呢？」

夏瑤早就考慮過這一點了，王府中大廚房的廚子都是男的，她院子裡的則都是廚娘，這也是為了避嫌。她笑著說：「不混在一塊兒，我鋪子裡不招男人。」

上官燕頓時連點心都不吃了，追問道：「不招男人？那其他廚師呢？還有掌櫃呢？」

「當然也是招女人啊。」夏瑤一派輕鬆地說：「這又不是多難的事，招來了再慢慢教唄。」

「可是女人會做這些事嗎？」上官燕試圖在記憶中找出證據來，半晌後搖了搖頭道：「我從沒見過女人做這些。」

沈玉，一個曾經想做大將軍的公主，率先反應了過來。「不會可以學啊！瑤瑤也是女人，可是她做的東西比宮裡的御廚還好吃。大家都說女子應該溫柔恭順，騎馬打仗這種事跟我們不相干，可妳看，妳我都會騎馬，我射箭甚至比一些軍官還準，我之所以不能當將軍，是因為他們說我是女人，而不是因為我辦不到。」

夏瑤拍拍手道：「說得對，所以我店裡的廚子跟掌櫃都是女人，不會的話學就行了，而且燕兒，妳還記不記得我們第一次在綢緞莊見面時，遇到的那對秀才夫妻？」

上官燕立即點點頭道：「記得記得！那秀才實在是太過分了，自己穿得那麼好，卻連一件新衣服都捨不得給他娘子做！」

「所以啊，若是女人也能在外面工作、賺工錢，就不用求丈夫買東西給自己了啊。」夏瑤說道：「其實像秀才娘子這樣的女人並不少，因為沒有謀生能力，說話做事都得看丈夫的臉色，外人覺得他們是夫妻，可實際上說不定還不如家中的婢女。」

上官燕想起夏瑤那天說的話，似乎明白了什麼，說道：「婢女至少有自己的工錢。」

沈玉思考了一會兒，大致明白夏瑤要做什麼，她問道：「可妳要知道，在我和燕兒這類算得上離經叛道的人聽來，這件事都有些匪夷所思了，妳確定招得到女人來做工嗎？」

「這一點我倒是不擔心。」夏瑤的語氣有些沈重。「因為對有些女人來說，有一份工作不僅僅是能賺錢，還是為了爭取活著的權利。」

沈玉和上官燕思想再怎麼開放，也有不知道的事情，便不約而同地露出茫然的神色，在一旁半天沒說話的沈世安開口了。「我來說吧。」

兩個人的目光都轉向了沈世安，夏瑤則是端起酒杯，淺淺抿了一口。有些事無論聽幾次，都讓人想一醉方休，逃避現實。

「飛星這陣子不在，是因為我讓他去調查一些事情。」沈世安坐直了身子道：「前段時間避暑山莊那邊有人鬧事，說是當地的村民打了莊子上一名管事，我便叫人去查，結果竟翻出不少噁心的事。

那管事平日做事還算盡責，癖好卻異於常人，偏愛年幼的孩子，男女不限。不過村裡的男孩不會輕易被送去，畢竟他們能出去做工賺錢，還要為家裡傳宗接代，所以被送走的基本上都是七、八歲到十二、三歲的女孩。在這件事上面，雙方很有默契，維持幾年了都沒鬧出來，村裡的女孩就這樣源源不斷地被送去，她們家裡還能多一份收入。」

「等等，為什麼源源不斷地送去？而且還有收入？那些人是把女兒賣了嗎？」上官燕打斷了他。

夏瑤強忍著胸口的噁心不適，開口道：「因為人是會死的。」

上官燕倒抽了一口氣說：「他、他不是就喜歡那些……」

沈世安猶豫了一下，說道：「妳要不要迴避一下？這事的確是有些……不堪入耳。」

上官燕看了看夏瑤，又瞧了瞧不動聲色的沈玉，拒絕道：「不要，我比瑤瑤還大呢，她都能聽，我為什麼不能？」

夏瑤心想這種事她前世就從新聞報導上看過不少，上官燕可不一樣，不過自己的計劃中從一開始就納入了上官燕，總要讓她適應，便說道：「讓她聽吧，現在不曉得，以後也要知道的。」

沈世安點點頭，接著往下說：「這事會被暴露，是因為那老東西終究不滿足於只有女孩，底下的人想討好他，就聯合村子中幾個心思不正的人，拐了村裡一戶人家的九歲男孩送過去了。那戶人家雖說沒什麼勢力，但兒子被送去那裡，他們自然知道會發生什麼，豈會善罷甘休，於是找了族中數個壯年男子去莊子上鬧事，這才把事情捅了出來。」

上官燕和沈玉雖然明白自己在家中不如兄弟們受重用，也了解這世上很多事對男女的標準不一樣，但這還是第一次如此清楚而直接地意識到男女之間的區別竟然這般大。幾年了，女孩一批接一批地被送去，然後默默消失，直到那人因為過於貪婪，找了一個男孩，最終才被人揭穿。

「那些女孩的家人呢？他們就不會不捨嗎？」上官燕問道，然而她心裡已經有答案了。那些死去的女孩，並不是那麼受人關注。

「她們本來就是被人自願送去的，家人拿了錢，還討好了大人物，又怎麼會計較區區幾條賤命呢？」夏瑤譏諷道。

專找女人做活的話題已被這令人驚駭的罪行取代了，沈玉問道：「可還有活下來的女孩？」

「只有兩個。」沈世安說道：「一個八歲，一個十一歲，我派人去照顧她們了，她們是這個案子的重要證人。」

「你還讓她們做證人？」沈玉驚怒道：「你要她們再去面對那個折磨她們的畜生?!」

「沒辦法。」沈世安聽出她語氣中的指責，解釋道：「那老東西這麼猖狂，安排卻又如此縝密，這種事會是他一人所為嗎？背後必定有更大的組織者。」

夏瑤點了點頭道：「王爺說得沒錯，而且這回那老東西失了手，肯定會驚動他背後的人，若不趁著他們如今沒有防備，一鼓作氣處理掉，等他們反應過來，怕是會藏得更加隱秘。」

沈玉權衡了輕重，卻還是不忍地說道：「但是讓那兩個孩子再去回想自己的遭遇，也太殘忍了些。」

「如果她們實在不願意，我會想其他方法。」沈世安說道：「王妃，望月能不能借我一用？飛星一個人有些忙不過來。」

夏瑤點點頭說：「望月今天才跟我說想幫忙，明天就讓她去吧。」

說完，她轉向沈玉和上官燕，說道：「雖然這例子極端了些，但我總覺得那些女孩若是能像男子一樣有工作，說不定家人把她們送走的時候，不至於這麼毫不猶豫。」

沈玉頷首道：「我明白妳的意思了，這事算我一份。」

上官燕跟著應道：「也算我一個，京城的禁衛軍都認識我，既然妳的店裡都是女子，總會有人起別的心思，我讓人多照應些。」

夏瑤笑道：「這麼一來王爺倒是省事了，不然這些還得交給他處理呢。」

他們畢竟是出來玩的，談完事情，夏瑤便招呼著兩個人去後面的山上玩，她想找找看有沒有什麼能吃的野菜或蘑菇之類的。

沈玉刻意放慢腳步，看著兩人走遠後，她小聲問沈世安。「是喬公公嗎？」

聞言，沈世安愣了愣，沒想到她這麼快就猜到了，點點頭道：「嗯。」

沈玉「哼」了一聲，說：「我就猜到是那個老東西！記得我們兩個小時候就極不喜歡他，偏偏母妃不理解我們為何會這樣。」

沈世安搖搖頭說：「我們不喜歡他，大概是因為小孩子直覺敏銳一些，妳我畢竟是皇子跟皇女，他不敢做什麼，母妃自然不會發現異常。」

「幸虧後來他被調走了。」沈玉說完抿了抿嘴道：「抱歉，我那時候仗著自己年紀大，總是偷跑出去，留你一個人和他待著。」

「沒事，」沈世安平靜地說：「我並不怕他。」

夏瑤在遠處招呼沈玉快一些，沈玉應了一聲，回頭道：「那我和她們去山上了，你別一個人在這兒待著，風大呢，去馬車裡等吧。」

沈世安微微點頭，聽沈玉腳步輕快地跟夏瑤還有上官燕會合，鬆開了一直掐著自己手心的指甲。他現在，的確已經不用害怕了。

就像夏瑤那天和他說的一樣——

「有人覺得她們沒用，可以隨意拋棄；有人覺得她們柔弱，所以要無微不至地呵護。其實這兩種方式都會讓人陷入危險，想要真正保全她們，只有讓她們自己變強，因為最穩妥、最周全的保護方式，莫過於自保！」

夏瑤在山上找到了不少東西。

蘑菇和木耳算是些比較常見的，還有樹莓，這東西直接吃味道一般，夏瑤打算帶回去做果醬，塗在麵包上吃。

最讓夏瑤驚喜的是，她發現了好幾味香料，還有野山椒和藤椒，大概是因為味道古怪辛辣，人們不知道怎麼吃，所以從未在餐桌上出現過。夏瑤立即採了不少放進籃子裡，打算回去讓人辨認，移植到莊子裡去。

沈玉帶了自己的弓箭來，意外獵到一隻野兔，上官燕大呼小叫地跑去撿了回來，問夏瑤。「瑤瑤，妳會燒兔子嗎？」

現代人其實並不是特別常吃兔子，不過夏瑤有個室友愛吃乾鍋，夏瑤還真做過幾回乾鍋兔。想了想，她需要的東西莊子上好像都有，便回道：「當然能做，妳們吃不吃辣？」

京城地處中原地帶，口味偏清淡或酸甜，很少吃辣，不過兵部尚書曾經待過邊疆，那邊冬天冷得很，當地人常用烈酒和辣椒禦寒，回來之後他也偏好辣味的食物，連帶著家中的廚子都會做，上官燕和沈玉跟著吃了一段時間，已經習慣了，兩人都點了點頭。

「那就好，晚上吃乾鍋兔。」夏瑤想了想，又說：「然後用桃花酒釀煮個甜湯，主食就吃春餅怎麼樣？」

這些料理上官燕一樣也沒聽過，但她頭點得飛快道：「妳說吃什麼就吃什麼！」

第十八章　熱衷研究

三個人回到山腳下，卻沒見到沈世安，長青在一邊等著，見夏瑤詢問的眼神飄了過來，便回稟道：「王爺在馬車裡。」

夏瑤點點頭，想進馬車和沈世安說說自己發現的植物，一掀開簾子，卻發現他躺在座椅上睡著了。

幸好馬車夠大，他這麼高的個子也能躺得安穩。夏瑤從座位底下拿出備著的薄毯小心蓋在他身上，不知道是不是昨天沒睡好，沈世安一點反應也沒有。

為沈世安掖好毯子後，夏瑤本來打算退出去，卻一抬頭就看到他的睡顏在自己眼前。

這位王爺醒著時總是一副矜貴的模樣，睡著了倒是顯出幾分和年齡相符的稚氣來。因為最近吃得很好，臉頰原本凌厲的稜角，轉變成了微微有些圓潤的弧度，看起來軟乎乎的。

夏瑤有些猶豫地伸出手指，最終還是在他臉上看起來最軟的地方輕輕戳了一下——涼涼軟軟的，觸感很不錯。

沈世安因為這一碰稍微動了動，輕哼了一聲，嚇得夏瑤屏住了呼吸。

經過了一會兒，看他沒別的動靜，夏瑤這才偷偷從馬車裡溜出來，對長青說道：「王爺睡著了，等他醒了再回去吧，我先去弄晚飯了，記得跟他說一聲。」

長青應下了，夏瑤招呼著沈玉與上官燕先回莊子，沈玉有些驚訝地說：「妳進去他沒醒？」

「沒醒啊，我還為他蓋了毯子。」夏瑤隨口說道：「王爺昨晚弄傷了腳，大概是沒睡好吧，這會兒睡得正沈呢。」

沈玉若有所思地看了馬車一眼，掩住了心底的驚詫。

夏瑤心知自己這個身子肯定沒吃過辣，擔心一時承受不住，所以兔肉一半拿來做乾鍋兔，一半做烤兔肉。由於今天採了不少山珍，她打算再準備一道奶油煎蘑菇，做起來簡單，但是絕對美味。

乾鍋兔裡放了花椰菜、地瓜、胡蘿蔔片與芝麻，可惜蓮藕還有一段時間才能採收，不然放點藕片味道也不錯。

桃花酒釀是夏瑤從王府裡帶來的，釀了沒兩天，酒味不重，甜味卻很足，她小時候最愛喝這樣的甜酒釀，既香又不醉人。

糯米粉和了水，搓成拇指大小的小糰子下鍋煮熟；甜酒釀稍稍熱一下，揮發掉一點酒氣，然後將小糰子與去核的櫻桃、剝好切成四瓣的枇杷都放進去。水果顏色鮮豔，小巧的糯米小糰子浮在上面，就成了一碗清爽好喝、賣相也很出色的酒釀水果甜湯。夏瑤用白瓷大湯盆裝了甜湯端到桌上，引得上官燕和沈玉連連驚呼。

料理準備得差不多，沈世安也回來了，他一進院子就聞到撲面而來的香氣。

沈玉看著底下人將春餅放到院子裡的桌上，抬頭見沈世安進來，笑著說道：「這才叫有口福的，趕著飯點回來呢。」

夏瑤在廚房裡吩咐過廚師們剩下的東西該怎麼弄之後，就走出來說道：「好啦，人到齊了就吃飯吧，我餓死了。」

他們幾個是親戚，聚在一起不講究什麼規矩，上官燕聽夏瑤說可以吃了，便伸手先挾了塊乾鍋兔肉。

兔肉是爆炒的，肉質細嫩，乾鍋裡加了乾辣椒和今天找到的藤椒，吃起來又麻又辣。上官燕嚐了一塊，辣得吐了吐舌頭，趕緊低頭喝了口甜湯。

甜湯事先放涼了，吃完乾鍋兔喝上一口，冰涼清甜，很是解辣。

夏瑤看了看上官燕，擔心地問道：「是不是太辣了？」

「沒有沒有，」上官燕吃了一口花椰菜，說道：「就是這樣才過癮呢，妳這乾鍋兔要是我爹來吃，估計還要嫌不夠辣！」

夏瑤為了身體不敢吃，轉頭問沈世安。「王爺能不能吃辣？」

沈世安猶豫著說道：「應該能吧。」

什麼叫「應該能」啊？夏瑤想了想，挾了塊辣度最低的地瓜給他，道：「那你先試試，吃不了的話還有烤兔肉。」

「啊，烤兔肉？」上官燕嘴裡吃著乾鍋兔，又饞著嘴說道：「我也想吃！」

夏瑤早就預料到這種情況了，瞧見上官燕急切的模樣，她笑道：「還在烤呢，一會兒馬上來。」

話音剛落，她就聽到旁邊的沈世安咳了起來，轉頭看去，就見他眼睛和鼻尖都紅了，皺著眉半晌才說了句。「好辣！」

「唉呀，你不會吃辣怎麼不說？」夏瑤趕緊為他盛了一碗甜湯，說道：「喝點涼的就好了。」

沈世安捧著碗乖乖喝了小半碗甜湯，這才覺得嘴裡火燒火燎的感覺緩和了一點，委屈道：「我想試試。」

好奇心殺死貓真不是隨便說說的，夏瑤無奈地搖頭道：「不准吃了，你沒吃過辣的，吃多了會肚子疼。」

乾鍋兔不能吃，好在還有別的菜。夏瑤拿了片春餅皮，往上面放了剛剛炒好的牛肉絲、胡蘿蔔條、炒小白菜跟炒木耳絲，包得圓鼓鼓、胖乎乎的，她將餅放到沈世安手裡道：「吃春餅吧，這個不辣。」

上官燕和沈玉也有樣學樣地包了起來，餡料滿滿的春餅拿在手裡，張大嘴巴咬一大口，牛肉絲鮮嫩、蔬菜清脆、醬香濃郁，配著有點嚼勁的春餅，讓人格外滿足，感覺把整個春天都吃進肚子裡了。

沈世安進食的速度向來快，夏瑤才咬了兩口，他那邊一個就吃完了，又伸出手要。夏瑤招了招手，喊了一邊的丫鬟來為他包，要是都親自動手，這頓飯她大概只能在包春餅中度過了。

沈玉挾了口嫩嫩的奶油煎蘑菇吃下肚，問道：「瑤瑤，妳下午找到的那些香料都有用嗎？」

夏瑤點點頭道：「嗯，我做烤兔肉的時候就用上啦，不過有幾種要曬乾之後再用，明天我叫人曬上。」

沈世安問道：「什麼香料？」

夏瑤說出下午發現的植物，問道：「王爺，我能不能在後花園裡弄個香料園？還有野山椒和藤椒，這兩樣是很好的調味料……對了，樹莓可以用來做果醬。」

沈世安想了想，回道：「香料和其他兩種椒可以種在王府，至於樹莓，如果照妳說的要大量栽種，不妨在莊子上單獨闢一塊地種植。雖然我不知道妳說的『果醬』是什麼，不過聽起來是可以在點心鋪子裡賣的，直接在莊子上找人做好比較省事。」

夏瑤眼睛一亮道：「對啊，莊子可以用來當作原料和生產基地！我得去寫個計劃書！」

「等等！」沈世安對她的急性子哭笑不得，說道：「吃完飯再去，也不急在一時。」

夏瑤撇撇嘴坐下了，轉頭又記起蔬菜溫室的事情，便將大致上的想法對沈世安說了。

「反季節……蔬菜？」沈世安思考了一下這個新詞，說道：「是指冬天吃夏天的蔬菜，夏天吃冬天的蔬菜？」

「不完全是啦。」夏瑤解釋道：「其實主要就是在天冷時也吃得到天熱時的蔬菜，只要搭一個溫室，確保裡面的溫度適宜，那麼天冷時也能讓作物正常生長。」

沈玉也來了興趣，問道：「那要怎麼確保溫度呢？」

「生個炭盆就行了。」夏瑤說道：「溫室裡不透風，可以保留住熱氣，就像給植物蓋了間房子一樣。」

……而且在一定的範圍內，二氧化碳還能促進植物生長。不過這個觀點對古人來說太難以理解了，夏瑤便放在心裡沒說。

沈世安在一旁沒說話，腦子卻不停轉動著。夏瑤只是為了能隨時吃到新鮮的蔬菜，但他很快就意識到這是一件對勵國來說極有益處的事，若是能種出反季節蔬菜，他們和其他國家的貿易往來上將會有相當大的優勢。

三個女孩子嘰嘰喳喳地討論，卻見沈世安突然站了起來，夏瑤一臉茫然地問道：「王爺要去哪兒？烤兔肉還沒好呢。」

「我有點事，妳們吃吧。」沈世安說著就拿起手杖起身進了房裡，順便把長青叫過去了。

夏瑤愣了半天，搖搖頭道：「剛剛還讓我先吃飯呢，自己倒跑了。」

沈玉和上官燕住在莊子上的客房，夏瑤本想去她們那兒睡，順便聊個天，然而她現在滿腦子都是把莊子改成原料和生產基地的事，不寫下來壓根兒沒心思做別的。

寫完大致上的計劃，也差不多到以往她睡覺的時候了。夏瑤洗了個澡，一轉頭，發現沈世安那邊居然還亮著燈火。

她想了想，走過去敲沈世安的房門道：「王爺還沒睡？我能進去嗎？」

沈世安果然還在研究蔬菜溫室的事，他見到夏瑤過來還挺開心的。

夏瑤坐到桌前翻看長青記下來的資料，發現沈世安已經找到了搭建蔬菜溫室的兩個重點——一個是溫度，一個是光照。

「溫度若要靠燒炭提高的話，屋子裡肯定不能透風。」沈世安說道：「但是我記得書上有記載，蔬菜需要光照才能生長。」

夏瑤點點頭。現代的蔬菜溫室要麼有玻璃，要麼有透明薄膜，如今並沒有這樣透明又遮風的材料，倒是件難事。

她慢慢翻閱沈世安記下的各種辦法，突然問道：「要不試試地熱？」

「地熱？」沈世安覺得這個詞有些陌生，反問道：「地熱是什麼？」

「我們這裡可有溫泉？」夏瑤說道：「溫泉一年四季都是熱的，可以把蔬菜溫室建在溫泉旁邊。」

沈世安愣了一會兒，忽然擊掌道：「的確可行，我之前聽說過有溫泉莊子，想必再找幾處有溫泉的地方也不難。」

夏瑤點點頭道：「蔬菜種在溫泉旁邊，就不用額外燒炭了，而且只要地面溫度夠就行，露天也沒問題。」

「但是溫泉那裡的土地溫度一般比較高，我記得幾個溫泉旁都是不長植物的。」沈世安想了想，說道：「直接種在旁邊大概是不行，得想別的辦法把水引過去。」

引水這件事夏瑤還真幫不上忙，她學的不是土木工程，好在沈世安只是自言自語釐清思路而已。夏瑤在一邊聽他碎碎念，感覺像是回到了高中課堂，只覺得眼皮越來越沈，不一會兒就趴在桌上睡著了。

「王爺……王爺，」在一旁記錄的長青小聲提醒沈世安。「王妃睡著了。」

「睡著了？」沈世安仔細聽了聽，果然發現夏瑤呼吸平穩，已經熟睡一段時間了。

「王爺，要讓王妃回房睡嗎？」長青問道：「小的去叫晚秋姑娘來？」

沈世安搖搖頭道：「讓她在我這兒睡吧，我下午睡得久，今晚不睡了，你等一下自己回去休息。」

長青自小就跟著沈世安，知道他一旦對什麼起了興趣，一時半刻是停不下來的，暗自愁悶道：「王爺又要熬夜，若是讓陛下知道了，肯定要念叨我……」

說歸說，長青還是幫忙沈世安將夏瑤放到裡面的床上，出去和晚秋說了聲「王妃不回房間了」。

晚秋臉上露出驚喜的表情，長青一看便知道她在想什麼，打斷道：「王爺今晚有事不睡，王妃剛剛在裡面睡著了，王爺就說不換地方了。」

這話讓晚秋的肩膀垮了下去，心想：白高興一場！

回了屋，小環剛鋪好夏瑤的床，轉頭見她一個人進來，便問道：「王妃呢？」

「王妃歇在王爺那邊了。」晚秋說道，隨即見小環挑起了眉，她立刻補充道：「王爺今天有事，不睡覺。」

小環的表情從欣喜轉成了疑惑，問道：「那我們今天就不用守夜了？」

「不用了吧，那邊有長青。」晚秋說著，和她一起往耳房走去。

小環搖了搖頭道：「也不知道我們這兩個主子怎麼回事，明明看起來感情不錯，怎麼就非要分房睡呢。」

晚秋警告地拍了拍她的手臂道：「別仗著王妃對我們寬容，就亂議論主子們的事，他們自有考量。」

小環雖然對外是大丫鬟，但是私底下跟晚秋混熟了，就比較沒分寸。她自知失言，捂嘴求饒道：「晚秋姊姊，我知道錯了，妳可別和王妃說。」

晚秋看了她一眼道：「我自然不會說，只是妳說話要小心些，王妃看重的除了望月，也就妳我二人，妳莫要辜負她。」

小環點點頭，不敢再多說。

她們兩個人說了什麼，夏瑤當然不知道，她安穩地睡了一晚上，完全沒覺得哪裡不對，結果早上一睜眼，瞧見頭頂的帳子顏色時，頓時懵了。

掀開被子一看，夏瑤發現自己衣著完好，只脫了鞋子，愣了一會兒之後才憶起昨天她是在沈世安房間內睡著了，不過看身旁床鋪整整齊齊的樣子，應該只有她一個人躺在這裡。

夏瑤在心裡「嘖」了一聲，不知道該慶幸還是失望，她掀開帳子坐起身，沈世安還在桌前坐著，他聽見動靜，轉過來說道：「妳醒了？」

「嗯，」夏瑤揉了揉眼睛道：「王爺一晚上沒睡？」

「我將如何利用溫泉種植不同季節蔬菜的方法整理了一下。」沈世安遞給她幾張紙，說道：「妳瞧瞧能不能看清楚，若是不行的話，還得讓長青整理一遍。」

夏瑤走過去接下沈世安手裡的紙，發現紙上的字間距很大，但是一個個寫得很清楚，偶爾有幾點墨漬，但是並不影響閱讀。

「你自己寫的？」夏瑤真的嚇到了。在看不見的狀態下，能把每個字寫清楚已經有點困難了，他居然每一行字都很工整。

「嗯，」沈世安點頭道：「能看明白嗎？」

夏瑤掩下心中的震驚，認真地看完紙上的內容，覺得沈世安思路真是挺清晰的。他寫下如何引溫泉水做成一個回流水路，在距離溫泉不同的位置種植不同季節的作物，甚至還考慮到如何控制單一變量來確定溫度範圍，這要是放在現代，完全就是個科技研發大佬啊！

「挺清楚的。」夏瑤具備後世的基本實驗概念，所以很容易理解他所要表達的，就是不知道別人能不能弄明白。她想了想，說道：「我再幫你畫幾張示意圖吧？這樣更好懂一些。」

沈世安點點頭道：「好，我告訴妳怎麼畫。」

夏瑤不是理科出身的，不過簡單的實驗示意圖對她來說不成問題，她邊問邊畫，很快就畫好了。

「叫長青瞧瞧能不能看明白吧。」夏瑤說道：「如果能看明白，那就不需要用太多文字解釋了。」

長青昨天聽過他們兩人的討論，果然很快就看懂了示意圖，驚喜道：「運用圖畫果然更容易理解王爺的意思，若是讓小的對著文字憑空推測，那是怎麼樣都想像不出來的。」

見長青看得懂，沈世安放心了，對夏瑤說道：「我去一趟宮裡，妳要不要和皇姊還有上官姑娘在這裡多玩一些時候？」

夏瑤想了想，回道：「算了，我想讓她們陪我去看鋪子呢，你再等等，吃過早飯後我們一起走。」

第十九章 別有用意

時間不早了，夏瑤也不想做太複雜的餐點，看到廚房裡還有昨天採的蘑菇跟木耳，就做了個簡單的酸湯麵。

雞腿煮熟撕成長條，將蘑菇、木耳跟豆腐切成條下鍋煮熟，再用糖、醋、鹽和醬油調成酸甜汁倒進鍋中，再加入打散的雞蛋，最後勾芡。夏瑤前世吃的時候會撒一些胡椒粉，不過現在她和沈世安都吃不了辣，就省去了這一步驟。

麵條煮熟撈出來過涼水，放入煮好的酸湯裡，切兩片檸檬放在上面，香噴噴又開胃的酸湯麵就做好了。

上官燕來的時候還念叨著昨晚吃太多了，一點都不餓，結果一個人就吃了兩碗酸湯麵，在夏瑤調侃的眼神中摸了摸肚子道：「我這不是覺得回去就吃不著這麼好吃的東西了嘛。」

夏瑤忍不住笑出來，說道：「王爺一會兒要去宮裡，我打算先去找找合適的店鋪，妳們要不要和我一起去看看？」

「是要去看開點心鋪子的店鋪嗎？」沈玉放下筷子矜持地擦了擦嘴，彷彿剛剛迅速吃掉一大碗麵的人不是自己，她說道：「我陪妳吧，看鋪子我還有點經驗。」

「我也去我也去！」上官燕積極地湊熱鬧，說道：「我得先認認地方，到時候好去坐坐。」

沈世安和夏瑤都挺趕時間的，一個急著和陛下討論蔬菜溫室的事，一個急著去看鋪子，既然商定了，幾個人便動身準備離開。

夏瑤特地去馬廄和踏雪還有雲絮告別，她餵了牠們幾顆松子糖道：「我們要走啦，下次再來和你們玩。」

雲絮用腦袋拱了她一下告別，踏雪卻轉身用屁股對著他們，彷彿在生氣。沈世安拍著牠哄了一會兒，牠才勉強轉過來噴了噴鼻子，吃掉夏瑤手裡的糖。

沈世安要去宮裡，夏瑤便上了沈玉的馬車，沈玉問道：「妳對鋪子大致有什麼要求嗎？」

「嗯……地方要夠大，得有廚房，我還要弄個烤爐。」夏瑤想了想，又道：「最好是兩層樓的，到時候二樓可以做我的休息室，妳們平時也能來找我喝茶吃點心。」

沈玉稍微思考一下，心中就有數了，不過保險起見，她還是叫上了自己府中的管事嬤嬤。

「這是葉嬤嬤。」沈玉介紹道：「我名下幾間鋪子如今都是她在管，對店鋪的行情也比較了解，有什麼要求直接和她說就好。」

夏瑤點點頭，將自己的條件又說了一遍，葉嬤嬤在腦中搜尋過後，回道：「這樣的鋪子正在求售的有三間，租賃的有四間，不知道王妃是要買還是要租？」

買還是租……夏瑤考慮了一會兒，說道：「買吧，我肯定會大大改動擺設的，買了方便些。」

葉嬤嬤說道：「三間要出售的鋪子，兩間在長陽街，一間在凰鳴街，幾位主子先去哪條街？」

她們是從城郊的莊子上趕過來的，這會兒也不早了，夏瑤回道：「先去凰鳴街吧，看完那邊的，吃個午飯再去長陽街。」

凰鳴街冷寂一些，空置的店鋪也多；長陽街就是夏瑤逛過的那條街道，是京城最繁華的地段，鋪子的價格當然高一些。

三間店鋪裡，位在長陽街的其中一家小了些，所有人第一時間都將它排除了，另外兩家則是各有特色。

凰鳴街那間店鋪大小合適，是兩層小樓，底下那層面積稍微大一些，就是裝修比較普通。店家覺得這裡客流量太少，賣出去的東西不多，又不好定高價，所以打算賣了鋪子去長陽街開一家小一些的。

長陽街另一家店鋪原本就是做吃食的，但是因為味道不好、價格又高，幾個月之後就關門了。夏瑤倒是看得出為什麼價格高，因為店鋪裝修用的都是上好的材料，設計也很用心，店家為了回本，售價自然偏高。

看完鋪子，幾個人找了間茶室歇腳，上官燕問道：「瑤瑤看中了哪一間？我覺得還是長陽街那間好，雖然價格貴了些，不過省事，買下來可以直接用。」

葉嬤嬤也點點頭道：「長陽街那家的確不錯，雖然價格高，但後續不需要進行太大的改動，花銷更少一些，有時候錢不是花在店鋪本身，而是花在後續置辦家當上。」

沈玉看了看夏瑤的表情，沒說什麼，夏瑤吃了一口點心，皺了皺鼻子後放下，搖頭道：「我打算買凰鳴街那間。」

聽她說完，沈玉就露出了然的表情道：「就猜到妳看中了那家。」

上官燕茫然地說道：「為什麼？我怎麼看都覺得是長陽街的好啊。」

夏瑤沒回答她，而是轉頭看向沈玉，問道：「皇姊是怎麼猜到的？」

「妳在凰鳴街那家店裡纏著人家問了有上百個問題。」沈玉說道：「若不是真心想買，妳能問得那麼細？」

夏瑤笑道：「還是皇姊厲害，我的確是看中了那間，用料好、裝修細緻之類的，對我來說其實沒什麼用，畢竟之後要全部翻新，另外，還有其他原因。」

「其他原因？什麼原因啊？」上官燕問道：「凰鳴街挺冷清的，若是在那裡開店，應該很難賺到錢吧？」

「第一，我之前說鋪子裡全都要用女子，這本身就驚世駭俗了些。」夏瑤解釋道：「若是開在長陽街那樣繁華的地段，太過引人注目，容易惹事。」

上官燕想了想，說道：「也對，若是長陽街開了間這樣的鋪子，湊熱鬧的人肯定很多，每天被圍著，生意也不好做。」

夏瑤點點頭，繼續說道：「第二，我開這鋪子的目的並非是賺錢，主要是為了讓所有人知道女人也可以做這些事，所以我不希望被說是借助了長陽街本身的繁華，只有在冷清的凰鳴街做出一番成就，甚至讓凰鳴街在幾年內比長陽街更繁華，才能讓他們承認，女人不光能做這些事，還能做得比男人更好。」

夏瑤語氣平淡，說出的話卻極為張狂。要知道長陽街可是繁榮幾十年了，豈能讓人幾年之內就超越，偏偏她態度篤定，好像這是必然會發生的事情。

其餘幾個人都愣住了，半晌後沈玉一拍桌子道：「好，誰說男人做的事女人做不了，我們偏要做給他們看看！」

上官燕也說道：「對！不讓我們做的，我們偏要做！瑤瑤，後面有什麼事妳只管開口，只要能幫上忙的，我絕不推脫！」

剛發下豪語的夏瑤正要說「倒也不必這麼熱血」，一旁的葉嬤嬤卻突然問道：「王妃這店，全都要請女子來做工？」

夏瑤頷首道：「嗯，葉嬤嬤若是認識什麼想要出來做工的女子，可以推薦一下。」

不料葉嬤嬤忽然起身朝夏瑤深深鞠了一躬，把夏瑤嚇了一跳，好在她們是在包廂裡，不然著實引人注目。

「嬤嬤這是做什麼？」夏瑤知道她是沈玉極為看重的人，趕緊伸手扶她。

「女子大多困於宅院之中，有心靠自己賺錢卻少有門路，就算有，也是最底層、最辛苦、銀錢也最少的工作，像廚子、掌櫃這類受人尊重的行業，從沒有女子能做。」葉嬤嬤說道：「長公主看重老奴，讓老奴管理她名下的店鋪，已經是極大的信任了，王妃若是能讓女子和男子一樣做工、拿同樣的工錢，實在是功德一件。」

夏瑤被她誇得有些不好意思，擺擺手道：「沒這麼誇張，我不過是開間店罷了，說真的，要想讓女子和男子享有相同的待遇還早得很呢，比如從政、參軍，如今是完全不可能的。」

葉嬤嬤一愣，說道：「女子怎麼可能從政參軍呢？」

顯然，葉嬤嬤身為一個古代的進步女性，想得最遠的，不過就是讓女人離開後院自力更生而已。

夏瑤也不急著這會兒向她鼓吹那些現代的觀念，只笑道：「我就是舉個例子，葉嬤嬤記得推薦合適的人選啊。」

送上官燕返家後，馬車上，沈玉對著夏瑤挑了挑眉道：「從政？參軍？」

夏瑤裝傻說道：「我就是隨口一說。」

沈玉笑了笑，看向車窗外的街景，小聲道：「莫要操之過急。」

夏瑤這邊只等著派人把店鋪買下來，然後設計改造就行了，沈世安那邊進展得也挺順利的。

「這法子好！」沈澈看完弟弟送進宮來的文書，驚喜道：「朕一會兒叫戶部的人來看看，這事得好好規劃。」

沈世安對此沒有意見。農業並非他的專長，想法有了，接下來就交給戶部那些和莊稼打了一輩子交道的人。他提醒道：「這個反季節蔬菜和在溫泉附近種植的方法，都是王妃提出來的。」

「行，朕一定告訴他們，不會貪了你瑞王妃的功勞，這小丫頭倒是比她哥腦子好，可惜是個姑娘家。」沈澈笑道。想了想，他又有些嫉妒地說：「你們這去了莊子一趟，王妃又做了不少好東西吧？聽說你還把你皇姊請去了？」

「也沒什麼。」沈世安回道：「吃了些燒烤，今天早上的酸湯麵味道倒是不錯。喔對了，昨天晚上的烤兔肉我沒吃上，倒是有些可惜，王妃說她用了新找到的香料呢。」

燒烤？酸湯麵又是什麼？還找到了新的香料？沈澈光聽就覺得自己口水泛濫，決定中午去皇后那裡吃烤魚。看著面前那有意炫耀口福的弟弟，沈澈心生不滿，開口道：「對了，前段日子淑太妃說想見你，過去一趟吧，大概是要問你受傷的事。」

沈世安點點頭，告辭離開了。

待沈世安出去之後，沈澈「哼」了一聲。他自然知道淑太妃找沈世安什麼事，心裡有些報復地想：叫你炫耀，讓你母妃念叨你去！

淑太妃把沈世安叫過去，稍微關心他的傷勢以後，就把話題轉移到了夏瑤身上。

「聽說瑞王妃身體恢復了？」淑太妃問道。

沈世安頷首道：「太醫看過了，說病根已除，好好調理休養就行。」

淑太妃滿意地「嗯」了一聲，道：「既然如此，你們是不是該考慮合房的事了？畢竟是夫妻，你屋裡也沒別的人，總這麼分開睡，不太好。」

沈世安先是微微一愣，繼而明白了淑太妃的意思，頓時臉紅到了耳根，狼狽道：

「這、這事不急，王妃年紀還小。」

淑太妃溫和道：「不小了，如今都十六了，再說你們兩個本來就和別人不同，外頭難免有些風言風語，你是男人倒無所謂，瑞王妃是姑娘家，閒話傳多了，對她也不好。」

沈世安聞言皺了皺眉，問道：「什麼傳言？」

淑太妃嘆了口氣說：「不知道是哪裡傳出來的，說你和瑞王妃成親只是做表面工夫，其實你一點也不喜歡她，只等著眼睛好了之後休了她另娶，雖然同在王府，但瑞王妃就像客居的親戚一樣，住得離你遠得很。」

沈世安神情嚴肅起來，說道：「兒臣回去就叫人調查這謠言是從哪裡出來的。」

淑太妃恨鐵不成鋼地說：「重點是這個嗎？你們兩個人如今的確分房而居，若是早點有個孩子，謠言自然不攻自破。」

沈世安當然清楚這個道理，他低下頭抿了抿唇道：「兒臣眼睛還沒好，體內餘毒也不知道有沒有全清除，在這種情況下要孩子，不是害人嗎？」

淑太妃沒想到這部分，看沈世安神情落寞，忍不住心疼起來，暗暗責怪自己哪壺不開提哪壺，半晌後才道：「不要孩子也行，起碼住到一起吧，這種事總不能讓人家姑娘家主動。」

沈世安煩惱地揉了揉額角道：「兒臣回去和她商量一下。」

夏瑤店面看得順利，回王府的時間挺早的，休息了一會兒之後她又有些手癢，換身衣服便進了廚房。

幾位廚娘正在準備晚飯的食材，夏瑤湊過去看了看，就見金師傅正在片魚，她便問道：「晚上吃魚片粥？」

金師傅應了聲「是」，又說道：「再做一鍋生煎包。」

夏瑤在旁邊瞧了一會兒，看到金師傅手法嫻熟，顯然是下了工夫練的，不禁滿意地點點頭。

廚娘們都做過幾次生煎包了，用不著她操心，於是夏瑤拿了幾個雞蛋和一罐牛奶，準備做個雙皮奶晚上吃。

雙皮奶算是夏瑤做得最順手的甜點，簡單又快好。牛奶煮滾後放涼，將上面一層奶皮挑破一道小口子，倒出牛奶，和蛋白一起攪勻過濾，然後再從奶皮的小口子裡將混合了蛋白的牛奶倒回去，上鍋蒸熟就好。

白色青邊的小湯盅盛著雙皮奶，出鍋以後夏瑤就叫人送去冷庫裡冰鎮。她覺得雙皮奶看起來有點單調，想起昨天採的樹莓，便差人洗一些熬樹莓醬。

廚娘們做完手邊的活，就過來看夏瑤熬果醬，其中一個廚娘說道：「這不是刺果子嗎？這東西味道不好又沒什麼水分，沒人拿來用。」

夏瑤把樹莓放到鍋裡，加入一大勺冰糖，問道：「妳認識這個？」

「小時候吃過。」那位廚娘說道：「我哥哥上山砍柴時會帶些雜七雜八的回來。」

談話間，夏瑤又加了些白糖到鍋裡，仔細攪和了一下混勻材料，笑道：「我一會兒就讓它變好吃。」

冰糖在鍋裡漸漸融化，樹莓也慢慢變軟，整體變得有些黏稠，水果的香氣溢了出來。夏瑤往裡面擠了半顆的檸檬汁，然後用木勺一邊攪拌一邊輕輕碾碎樹莓，待醬汁變成深紅色的時候，她拿了根小勺子嚐味道——酸酸甜甜的，還有清新的果香，很是美味。

夏瑤用小罐子裝好果醬，等著晚上配雙皮奶吃，剛一裝好，就聽到外面一陣嘈雜聲，只見小環進來道：「王妃，王爺回來了，要開飯嗎？」

夏瑤放下小罐子，說道：「行，開飯吧。」

魚片粥香滑細膩，魚肉是出鍋時才放的，利用粥的餘溫燙熟，又鮮又嫩。

夏瑤吃了一口生煎包，又喝了一勺魚片粥，解了些饞才對沈世安道：「鋪子看好了，在凰鳴街。」

「凰鳴街？」沈世安思索了一下，回道：「也好，不容易生事端，裝修方面有什麼要我幫忙的嗎？」

夏瑤想了想，回道：「王爺把府裡的工匠借我用用吧？」

沈世安嚥下嘴裡的魚肉說：「妳有事吩咐他們就好。」

夏瑤笑咪咪地應了，又和他聊起自己的裝修跟開店計劃，沈世安邊聽她說，邊惦記著淑太妃交代的事，卻怎麼也找不到開口的機會。

第二十章　按部就班

吃過晚飯，夏瑤讓人把冷庫裡的雙皮奶拿出來。雙皮奶冰鎮許久，小湯盅外凝了一層細細的水珠，這會兒拿在手上冰冰涼涼的，吃完粥和生煎包後身體熱得很，來一盅正好。

夏瑤舀了一勺樹莓醬放在雙皮奶上，紅紅的果醬襯著雪白的雙皮奶，看著極為誘人。她將小湯盅和勺子遞給沈世安，道：「王爺嚐嚐雙皮奶，材料是牛奶和雞蛋，上面的果醬就是用樹莓熬的。」

沈世安舀了一勺放入口中，雙皮奶的口感有些像嫩豆腐，有股甜甜的奶香，樹莓醬則是清甜中帶著微酸，清爽解膩。他點點頭道：「很好吃，我吩咐他們去山上找樹莓了，只是今年已經來不及種，得等到明年。」

夏瑤當然知道今年來不及，她早就想好了計劃，說道：「沒關係，反正今年用的量也不多，直接採野生的就行，這雙皮奶我打算在鋪子裡賣，可以用竹筒裝，王爺覺得怎麼樣？」

沈世安點點頭道：「夏天肯定很受歡迎。」

雙皮奶夏瑤做了很多，這東西不能放隔夜，夏瑤和沈世安各吃了一盅，剩下的讓小環拿去和幾個丫鬟分了，小環立即高高興興地拿著雙皮奶跑了出去。此刻房裡終於只剩下夏瑤和沈世安兩個人，沈世安深吸了口氣——總算是找到了開口的機會。

「母妃今天找我了。」沈世安說道。

「淑太妃？」夏瑤問道：「找你有什麼事？淑太妃也對反季節蔬菜感興趣嗎？」

沈世安搖了搖頭，重複了一遍淑太妃說的話，夏瑤恍然大悟，難怪她方才覺得沈世安好像有心事呢。

其實她覺得他們現在這樣挺好的，每天一起聊天、散步、吃飯，晚上各自回房休息，很自在。古代的床是真的不大，夏瑤一想到他們兩個人擠在一張床上睡覺的畫面，就尷尬到不行。

「我認為沒必要太過在意別人說的話。」夏瑤回道：「日子怎麼樣才過得舒服，只有自己知道，又何必聽別人的呢？」

沈世安皺了皺眉說：「但是外面的傳言……對妳不太好。」

「我看起來像是在乎傳言的人嗎？只要他們沒膽子到我面前說，我都可以當沒聽見。」夏瑤想了想，又說道：「有些人就是這樣，若是我們真的住到一起，他們又會問怎麼沒生孩子，生了孩子還會問打算什麼時候生第二個，沒完沒了，所以最好的辦法是一開始就當他們不存在，嘴長在人家身上，耳朵可是長在我自己身上。」

沈世安的神情放鬆了一些，說道：「妳不在意他們說的話嗎？畢竟女子總是要承擔更多的苛責，哪怕並不是妳的錯。」

夏瑤笑道：「我若是那麼在意別人說什麼，還會開那間鋪子嗎？」

沈世安思考了一下，釋懷地笑著說：「也是，王妃有些與眾不同。」

見他不再緊繃，夏瑤有心想逗他，問道：「我們不用睡在一塊兒，王爺看起來挺開心的啊，你就這麼不想和我一起住嗎？」

沈世安愣住，隨即結結巴巴地解釋道：「不、不是這個意思，我不是不想和妳一起住。」

「喔，」夏瑤壞笑道：「那王爺還是想和我一起住？」

「沒有……我、我是說，」沈世安滿臉緋紅，慌亂道：「我本來……本來的意思不是這樣，如果妳想一起住的話……也不是不行……」

他越說聲音越小，夏瑤看他窘迫的樣子，忍不住「噗哧」笑出聲來，沈世安一愣，隨即反應過來自己被耍了，嘴唇緊緊抿起，有些生氣。

夏瑤收斂起笑意，拉了拉他的衣角道：「對不起嘛，我開玩笑的，我知道你的意思，我們現在年紀還小，有些事不用急，按著自己的步調來就行啦。」

沈世安轉過頭去，顯然並未消氣，夏瑤眨了眨眼，問道：「對了，反季節蔬菜的事，陛下怎麼說？」

談到工作，沈世安的神情放緩，總算開口了。「皇兄很看重這件事，已經吩咐戶部仔細研究了，過一段時間應該就會在全國找有溫泉的地方，試著種些作物。」

夏瑤鬆了口氣，果然用這種事轉移他的注意力最有效。

之後兩個人聊得愉快，沈世安幾乎忘記了方才的尷尬，直到晚上回房休息，他才想起夏瑤說的話，只覺得耳根發熱，嘟囔了一句。「口無遮攔。」

人在房裡的夏瑤好端端的卻打了個噴嚏，心想：誰罵我了？

買下凰鳴街的店鋪之後，夏瑤就忙碌了起來，每天興致勃勃地跑去街上看自己的點心鋪子怎麼裝潢。

不差錢的時候，裝修是一件非常快樂的事情，夏瑤清點了一下自己的資產，對著木匠一揮手，闊氣道：「料子都挑最好的來，慢一點也沒關係！」

上官燕之前來過一趟，見夏瑤幾乎將整間小樓都給拆空了，只留個空殼子，不禁對她設計的店鋪起了十足的好奇心，每隔一段時間就要來看看。

天氣轉熱的時候，點心鋪子的第一層總算裝修完成，上官燕等了好一陣子，一聽到一樓好了，立即拉著沈玉來看。

夏瑤將一樓分成了幾個部分，後半邊是廚房，前面則被分成了兩部分，一半是櫃檯，一半則是用餐區。

櫃檯旁邊是一排開放式的架子，如今沒有玻璃，只能這樣展示產品。夏瑤不打算直接在這裡放吃的，覺得不太乾淨，她準備請人做一些點心模型，要吃什麼就看模型來點，既方便又衛生。

用餐區被屏風遮住，在櫃檯點完餐後繞過去就行。夏瑤叫人把這個區域後方整個牆面拆掉一半，做了大大的窗戶，正好對著一片池塘，風景很是不錯。

沈玉笑著說道：「妳這個法子倒是好，原本只有二樓能看風景，現在一樓也能看了。」

用餐區放了五套桌椅，是夏瑤畫了圖樣讓府中的工匠做的，和如今常用的方桌不同，她用的是圓桌。淺色的圓桌下面用四根圓柱形桌腿撐著，是現代很常見的北歐簡約風，椅子也是同色系的靠背椅，每張椅子上都放了軟軟的小動物造型抱枕。

上官燕與沈玉一眼就喜歡上了這個風格，硬是纏著夏瑤給她們做一套。

「真的沒必要。」夏瑤無奈道：「這套桌椅放在家裡風格很不搭，而且也不實用，等我把二樓的貴妃榻做出來，一定給妳們一人一套。」

「貴妃榻我家裡就有啊。」上官燕說道：「我不要那個。」

夏瑤笑了笑，神秘兮兮地說：「等我做出來，妳就會想要了。」

上官燕疑惑地看著她，又瞧了瞧屏風後面的桌椅，暫且信了她。「好吧，不過到時候我若是不喜歡貴妃榻，妳就得給我一套這桌椅。」

「行，給妳。」夏瑤笑著，順手給了她一個抱枕，說道：「這個抱枕給妳，我做了好多。」

抱枕也是夏瑤畫圖做的，她設計了好幾個款式，包括動物、食物還有獨立出來的貓咪系列，畢竟以貓咪為主角的製品特別討喜。

她順手拿給上官燕的是個小雞圓形抱枕，上面繡上了小雞的尖嘴和眼睛，頭上還用布縫了個小小的雞冠，模樣雖然簡單，但是一眼就能讓人看出是什麼。

上官燕立即喜歡上了這憨態可掬的造型和柔軟的手感，猛地把臉埋進去蹭了蹭。

沈玉的年紀稍大一些，雖然有些眼饞抱枕，但是又不好意思開口，只能羨慕地看著上官燕。

夏瑤拿起旁邊一個火紅色的小狐狸抱枕塞到她手裡，道：「皇姊，這個給妳，是不是和妳很像？」

沈玉手中冷不防多了個軟乎乎的小狐狸，心頭一喜，面上卻瞪了夏瑤一眼道：「說誰像狐狸呢！」

夏瑤在店鋪第二層的私人空間還沒完成，她打算全部裝修完畢才開業，看完一樓之後，一行人便準備離開。

「今天中午府裡做涼麵。」夏瑤問她們兩人。「妳們要不要來吃？」

這會兒天氣正熱，上官燕一聽「涼麵」兩個字就連連點頭道：「要去要去！」

她們三個人如今關係很不錯，經常聚在一起，上官燕上回還在王府吃了夏瑤做的水果冰淇淋，對那個味道念念不忘，一上馬車她就問夏瑤。「還有冰淇淋嗎？」

夏瑤看著她圓潤了一些的小臉，無奈道：「有，王爺最近吃膩了冰淇淋，我還做了綠豆沙冰棒，味道也不錯。」

「吃膩了……」上官燕搖搖頭說：「這個詞真的太奢侈了！」

一進入夏天，夏瑤的胃口就不太好，所以王府裡常做涼麵。

涼麵的湯汁酸酸甜甜，醋是用夏瑤自己釀的蘋果醋，酸中帶了股蘋果香，甜味則是靠蜂蜜和糖，再加些醬油與鹽調味。麵條煮熟後過冰水，放入涼麵湯汁裡，再鋪上雞肉絲、胡蘿蔔絲跟小黃瓜絲，還有切開的番茄和一個對半切的半熟雞蛋，最後在邊上放一勺花生醬，撒上炒過的白芝麻，吃的時候把花生醬挪去湯汁裡拌勻就好。

上次在山裡找到了藤椒，夏瑤就用藤椒和乾辣椒熬了好些辣油，又香又辣，沒人能抵擋這種味道，所以如今沈世安也能吃辣了。

涼麵裝在青瓷大碗中，配上色彩鮮豔的蔬菜與雞肉絲，格外刺激食慾，沈玉看了看番茄，問道：「這是什麼果子？顏色倒是好看。」

「是番茄，醃漬過了，夏天吃很開胃。」夏瑤說道。

天熱起來的時候，番茄總算成熟了。現今的番茄不像後世的番茄種類那麼多，全是小小顆的，她第一時間就摘了一碗下來做糖漬番茄，味道酸甜可口，非常消暑。

沈玉點點頭，見夏瑤從一個小罐子裡挖了什麼出來，先朝沈世安碗裡放了一勺，再往自己碗裡放了一勺，不禁好奇地問道：「這又是什麼？」

「辣椒油。」夏瑤把小罐子遞給她，道：「皇姊和燕兒能吃辣，可以多放一勺，這辣椒油我做得不是很辣，用芝麻油熬的，主要是夠香。」

果然噴香！涼麵酸甜適口，麵條順滑，湯汁融合了芝麻醬和辣椒油，口感醇厚，麵條嚥下去後嘴裡殘留著又麻又辣的口感，明明吃的是涼麵，卻辣得人額頭上冒出細細的汗來，爽快極了。

上官燕身為吃貨，不負自己的人設，連湯汁都喝得乾乾淨淨，她滿足地擦了擦嘴，對夏瑤說道：「好辣！瑤瑤，我想吃綠豆沙冰棒。」

夏瑤對她將盤子食物清光的行為十分讚賞，卻無情地拒絕了她。「現在不行，妳吃太多了，下午再吃冰棒。」

上官燕摸了摸自己的肚子，好像的確有些撐，只能癟癟嘴道：「好吧，妳說了算。」

她們兩個來作客，下午夏瑤就不去看沈世安練劍了，三個人湊在一起聊天，順便商量點心鋪子未來的發展路線。夏瑤雖然對現代的營銷方式很有經驗，但有些方法並不適合古代，得讓她們把把關。

沈世安練了一會兒劍，中間休息的時候到旁邊喝了口茶水，問飛星。「王妃今天沒來？」

飛星回道：「王妃和長公主還有上官小姐正在聊天。」

沈世安放下杯子，暗暗惱怒。這兩個人天天拐著夏瑤出門也就算了，如今還跑到府裡來，又是搶吃的又是搶王妃，真是太煩人了……

夏瑤並沒有因為跟人聊天就把沈世安忘了，看看時間，他差不多練完劍了，便起身去廚房準備下午的點心。

冰淇淋和綠豆沙冰棒已經讓人從冰庫裡取出來了，夏瑤拿了個小碗，用特製的勺子挖了兩球冰淇淋放在碗裡，又放了一勺糯米小糰子，澆上一些桂花蜜，最後在上面撒了一層茶粉——雪白的冰淇淋、圓嘟嘟的糯米小糰子、細密鮮綠的茶粉，賞心悅目，沈玉跟上官燕光看就忍不住了，立刻說要來一份。

「那綠豆沙冰棒妳們不吃了嗎？」夏瑤問道。

上官燕有些糾結，她已經知道冰淇淋的滋味了，可是綠豆沙冰棒她還沒吃過呢。

夏瑤看她一臉掙扎，笑道：「我也給妳一份。」

冰棒拿出來有一會兒了，而且這個時代的冰庫做出來的冰棒沒有後世那麼硬實，夏瑤便直接搗碎冰棒弄成冰沙，邊上放了一勺糯米小糰子，同樣澆上桂花蜜和茶粉，笑著對上官燕道：「這樣就兩種都能吃到啦。」

沈玉也要了綠豆沙冰碗，夏瑤則為自己做了冰淇淋冰碗，然後帶著她們去竹林找沈世安。

時間掐得剛剛好，沈世安已經練完劍坐著休息了一會兒，夏瑤見他頭上的汗已經乾了，才放心地把冰碗遞給他，道：「今天是綠茶冰淇淋，裡面有糯米小糰子。」

原本放在甜湯裡吃的糯米小糰子加進冰碗裡也很好吃，涼涼滑滑、嚼起來軟乎乎，桂花蜜香甜可口，和糯米小糰子很配。

沈世安吃掉小糰子，又嚐了口冰淇淋。冰淇淋是奶油口味的，香氣濃郁的茶粉有些微苦，配上甜甜的冰淇淋，中和了微澀的口感，香濃醇厚又不容易膩。

另一邊，上官燕舀了一勺綠豆冰沙塞進嘴裡。她以往在家裡吃過冰碗，一般就是磨碎的冰上澆了糖漿，再搭配各式水果，然而這綠豆冰沙和以往吃過的任何一種冰沙都不同，綠豆煮得很爛，口感綿密柔和，在嘴裡一抿就散了，一點冰渣子都沒有。

上官燕驚喜道：「這個好好吃！比我家做的綠豆湯可口多了！我爹總是要我用綠豆湯消暑，我早就喝膩了。」

「這個做起來很簡單。」夏瑤吃了一口冰淇淋，說道：「我等一下就把作法寫下來，妳拿回去叫妳家的廚子照著做。」

「啊？」上官燕愣了一下，趕緊拒絕道：「不好吧……這個怎麼能隨便給別人，我要吃的時候來找妳就好啦。」

旁邊的沈世安一聽這話，忍不住開口。「給妳就拿著，這裡又不是妳家，還想天天來蹭吃的？」

上官燕驚訝得小嘴微張，心想：我是不是被瑞王爺針對了？

第二十一章 伸出援手

夏瑤的點心鋪子裝修進度很順利，差不多到了該招聘人手的時候。

葉嬤嬤不負夏瑤所託，為她找了個想學廚藝的年輕女子，叫做呂二妞，名字有些土氣，不過臉蛋生得清秀乾淨，做事很俐落的樣子，說話也爽快。

第一家店的員工，夏瑤當然要親自面試，她讓葉嬤嬤把人叫進王府後，問道：「妳為什麼想出來做工？後廚很辛苦的，和平日在家做飯可不一樣，而且現在也少有女子出來做工。」

呂二妞跪在底下，模樣有些緊張，不過聲音倒是很大。「回王妃的話，家裡想把小的許配給村裡一個遊手好閒的浪子，給弟弟換親，小的不願意。」

夏瑤挑了挑眉說道：「妳出來做工，就不用去換親了？」

「回王妃的話，小的和家裡的人說了，如果能給弟弟賺夠成親的銀子，他們就不讓小的去換親。」呂二妞說道：「王妃，小的力氣可大了，也不怕吃苦，做什麼都行。」

賺錢給弟弟成親，放在現代肯定會被說是「扶弟魔」，然而夏瑤知道，在這個時代，呂二妞敢這樣和家中長輩談條件，為自己另外找一條出路，已經是非常勇敢了。她在心中暗暗點了點頭，又問道：「妳是怎麼認識葉嬤嬤的？」

「葉嬤嬤跟小的出身同一個村子。」呂二妞眼裡閃耀著崇拜的光芒，說道：「她是我們村裡的名人、長公主身邊的大紅人，每次她回村裡，大家都趴在她家牆頭看她，而且她家裡人都聽她的話，連她哥哥和爹娘也不敢反駁她。」

夏瑤心裡有了數，笑道：「行，那妳就留下吧，先待在王府中跟著廚娘們學做菜，晚秋，等一下給她安排住的地方。現在鋪子還沒開，我只提供妳吃住，等正式開了店，再按月給妳工錢。」

如今的學徒，別說提供吃住了，要跟著師傅學手藝，就相當於是師傅的貼身僕從，任打任罵不說，還要服侍師傅起居，不僅每個月沒工錢可領，勞動後賺來的錢更要分一部分給師傅當作學費。

呂二妞早就做好了吃苦的準備，卻沒料到夏瑤提供了這麼好的條件，立即心頭一喜，跪下應了。

收下呂二妞之後，當天晚上金師傅突然求見，說想去夏瑤的點心鋪子裡當後廚。

「妳要去點心鋪子？」夏瑤有些驚訝。金師傅頗有天賦，一直以來都是夏瑤主要栽培的對象，她說道：「我原本是想讓妳和阮師傅爭一爭王府大廚的位置，好成為第一個在這行站穩腳跟的女子。」

金師傅搖了搖頭道：「阮師傅出身廚師世家，現在手底下帶的也是自家姪子，像他們這樣的家族，早已在這行盤根錯節，如同一棵大樹，無法輕易撼動。王妃若是想讓女子參與進來，只能另外開闢一條路，所以小的想到外面試試。」

她說得不無道理。金師傅沒有女兒，即使有，家裡也肯定會讓男孩子來接她的班。廚師世家這塊蛋糕已經被分得差不多了，要讓女人也能吃廚師這碗飯，她就需要另外做一塊新的蛋糕，像是餐廳主廚之類的。

夏瑤無意識地敲著桌面思考了一會兒後，點點頭道：「行，那妳跟著我去外頭，有妳在，我倒省了不少事。這段時間妳手裡的活兒交給周師傅，先跟著我學會鋪子裡要賣的東西，還有，妳得負責教會呂二妞，開業以後可沒時間再讓她學了。」

點心鋪子算是有了兩個廚子，夏瑤想再找個打下手的，念叨了兩天，沈世安突然問她。「妳還記得我之前說的，那兩個從山莊救出來的小丫頭嗎？」

夏瑤記得避暑山莊的案子和那兩個小姑娘的事，關切地問道：「案子查得怎麼樣？她們還好吧？」

「案子涉及的範圍太複雜，一時半刻查不完，但是和她們有關的部分已經結束了。」沈世安說道：「兩個小姑娘都不想回家，八歲那個想學功夫，打算跟著望月，十一歲那個無處安置，我想著妳那裡既然缺人，做工的又都是女子，不如讓她去試試。」

夏瑤覺得心痛，年紀這麼小的女孩子，被救出來之後卻不願意回家，可見受了多大的刺激！她點點頭道：「行，那你叫人把她帶來吧，跟著後廚學點手藝，以後也有個本事傍身。」

那兩個小姑娘已經跟著望月來到了王府，一聽夏瑤說要見她們，望月便很快就帶著人來到後花園。

年紀小的叫虎妞，看起來稍微活潑一些，大概是因為年幼吧，被妥善照顧了一段時間後就好多了，之前的經歷似乎沒帶來太大的陰影；大一些的則明顯消沈許多，眉眼間死氣沈沈，完全沒有十一歲的孩子該有的元氣，恍若是個暮年老人。

夏瑤柔聲問她。「聽說妳不肯回家，那妳可願意在我的點心鋪子裡做後廚？」

那小姑娘抬頭看著她，面無表情道：「請王爺跟王妃送小的去山上的尼姑庵出家吧。」

夏瑤先是一愣，隨即反應過來。按照這個時代的思維，姑娘家遇到這種事，的確有不少人會走上這條路，這是絕望後最好的逃避方式。

然而逃避之後呢？靠著一盞佛燈、一本經書，就真的能超脫世外，忘記自身的苦難嗎？難道不會在每個靜謐的夜裡苦苦思索為什麼自己會有這種遭遇，然後陷入更大的痛苦中嗎？

夏瑤從不相信什麼放下仇恨的心靈雞湯，在她看來，讓人釋然的最好方式，就是讓傷害自己的人受到懲罰。

「妳不恨嗎？」夏瑤輕聲問她。

底下的小姑娘詫異地抬起頭。這麼久了，所有人都在勸她：忘記吧，陷在仇恨與回憶裡只會讓妳痛苦，所以要忘記這件事，好好生活；救妳的是貴人，有貴人照拂著，往後的生活會過得很好的；別恨妳家裡的人，要是有辦法，誰想賣女兒呢？肯定是不得已的，一家人別太計較。

可她怎麼能不恨？她家的人明知道那是什麼地方，不過為了錢、為了讓哥哥成親、為了讓弟弟進學堂、為了自家能過上好日子，竟然毫不猶豫地把她賣了。為什麼？她不是這個家的一分子嗎？為什麼他們賣她，就好像過年的時候賣家裡的豬一樣？

她在房裡哀求自己的母親，說她可以去外頭做工賺錢，也可以和村裡人換親，做什麼都行，就是別把她送去那裡，誰都知道那是個吃人的地方，進去了就沒有活著出來的，可母親卻告訴她——

「妞妞，妳一個姑娘家，能去哪裡做工呢？妳哥哥的親事再不定下來，那姑娘說不定就要去別人家了，現在村裡適齡的姑娘可不多！妳弟弟學堂那邊也要交錢，家裡……家裡有急用啊！放心，妳年紀大了些，那位大人只喜歡年紀小的，去了以後忍兩年，說不定他厭棄了妳，就把妳放回來了。」

她不是什麼都不懂的孩童，她明白村裡的大人在竊竊私語些什麼，還有那些女孩子被送去的理由。

「能回來又如何呢？」她問母親。「我從那裡回來以後，還能在這世上活下來嗎？」

母親躲閃著不願意看她，小聲道：「誰讓妳是女娃呢？」

夏瑤看著小姑娘死水潭般的眼裡漸漸有了神采，終於像個活人般開口道：「小的恨。」

她看著夏瑤，說：「小的恨他們，不想原諒他們。」

夏瑤知道她說的是自己的家人，她走過去扶起在地上跪著的小姑娘，說道：「那就不要原諒他們，帶著妳的這份恨意，讓自己變得更厲害，然後親手為自己復仇。」

小姑娘被這話嚇到了，然而不過片刻，她就眼神堅定地說道：「王妃，小的要跟著您。」

夏瑤笑著摸摸她的頭，問道：「妳叫什麼名字？」

「小的現在沒有名字。」小姑娘說道：「請王妃賜名。」

「那妳跟著我姓吧，」夏瑤說道：「就叫夏妘。」

小姑娘看著她，說道：「謝王妃賜名。」

夏瑤點了點她的額頭，冰涼的指尖讓小姑娘微微睜大了眼睛，隨後夏瑤說道：「不要忘記，別用他們的錯懲罰妳自己。」

沈世安默默在一旁看完整個過程，等望月領著虎妞離開、夏瑤讓小環帶夏妘去安排住的地方之後，他才開口問她。「為什麼不讓她忘記？」

「因為她心中有恨。」夏瑤說道：「若是不釋放出來，那恨意憋在心裡，會把她自己燒死，只有釋放出來，除掉問題的根源，才能讓她真正釋懷。」

「妳看事情的角度總是和別人不一樣。」沈世安若有所思地說。

「因為我想要解決問題，」夏瑤喝了一口茶，說道：「而其他人只想逃避問題。」

沈世安皺著眉想了一會兒，突然釋然地笑道：「有道理。」

夏瑤被他笑得心漏跳了一拍，忍不住脫口而出。「王爺笑起來真好看。」

沈世安又鬧了個臉紅，拿起茶杯擋住自己半邊臉。不過相較之前慌張的樣子，現在他好像已經習慣夏瑤時不時地誇他一句，不會因此而有太激烈的反應了。

夏瑤完成了對沈世安的每日一調戲任務，美滋滋地站起來問道：「晚上做個番茄肥牛湯還有麻婆豆腐怎麼樣？再讓阮師傅炒個素菜。」

沈世安表示同意，又問道：「有點心嗎？」語氣裡帶著一絲小小的期盼。

夏瑤覺得他可愛極了，沒有點心也得給他弄一個出來，於是回道：「有，我一會兒去弄個冰粉如何？吃一碗解暑。」

沈世安對要吃什麼沒意見，點頭應了，聽著夏瑤離開的腳步聲，他輕聲低喃道：「恨意若是不釋放，會把自己燒死？她倒是比大多數人看得都清楚……」

麻婆豆腐是夏瑤最愛的一道菜，她最喜歡盛一碗熱呼呼的白米飯，然後用麻婆豆腐拌一拌，用勺子舀來吃。豆腐又軟又嫩，在舌頭上微微燙一下後滾進肚子裡，鮮香麻辣，真叫一個爽快。

肥牛是放在冰庫裡凍著的，夏瑤差人拿了一塊出來切片，手工切的當然不如現代機器切的薄，不過厚一些的吃起來也很過癮，加上牛肉的品質佳，怎麼做都好吃。

番茄在鍋裡翻炒出汁，炒過之後用勺子碾碎，變得像番茄醬一樣，再加水調味。牛肉先在加了薑片和蔥段的水中焯一遍，隨後放入番茄湯裡稍微煮一會兒就行。

番茄湯酸酸甜甜，牛肉被片得薄薄的，因為在番茄湯裡煮過，並不難咬，夏瑤還在裡面撒了一點點辣椒粉，恰到好處地提了鮮，吃起來很是過癮。

一頓晚飯吃下來又辣又熱，夏瑤鼻尖上都出了一層薄汗，她見一旁的沈世安也熱到不行，趕緊讓人把冰粉拿上來。

冰粉是白涼粉做的，類似現代的果凍粉，做出來的冰粉晶瑩剔透，切成小塊放在碗裡，然後淋上熬製的紅糖漿，再撒上花生粉和芝麻。

吃過令人渾身發熱、全身出汗的晚餐之後，這麼一碗冰爽清甜的冰粉讓熱氣一下子散光了，夏瑤吃著冰粉說道：「可惜鋪子開起來的時候天氣應該涼了，不然這冰粉一定很受歡迎。」

「可以等到明年再賣，日子過起來很快的。」沈世安說道。

夏瑤心想，這話說得也是。一眨眼，她來到這裡都大半年了，有了寵愛她的父母和哥哥、相處起來一點壓力都沒有的王爺，還有幾個志同道合的朋友，比前世幸福多了。想到這裡，她猛然發現自己這段時間一直忙鋪子的事，好久沒回去看爹娘了，於是開口道：「我明天想回一趟丞相府，王爺要去嗎？」

沈世安不知道她怎麼突然跳到這個話題，但還是點點頭道：「我和妳一起去。」

丞相夫人好幾個月不見女兒，見了面就把她摟進懷裡抱了個夠，點了點她的腦袋埋怨道：「回門的時候還說什麼一個月要回來住幾天，這會兒可好，幾個月也不見妳想起回爹娘這裡一趟，真是女大不中留！」

「王爺前段時間不是受了傷嘛，後來我又忙鋪子的事。」夏瑤沒骨頭似的膩在娘親懷裡，說道：「您看我這不是一有空就回來了嗎？」

「王爺的傷怎麼樣了？好全了嗎？」丞相夫人關心道。

「早就好啦，現在活蹦亂跳的。」夏瑤回道。

丞相夫人點了一下她的眉心道：「胡說八道的，能這麼形容王爺嗎？娘親看妳嫁了人啊，倒是越發的沒規矩了。」

夏瑤撇撇嘴，咕噥道：「有什麼關係嘛，王爺又不在意。」

「妳看看給妳縱的。」丞相夫人嘴上說著，心中卻滿意極了，一看就知道王爺對女兒好得很，又問道：「查到是什麼人動的手腳沒？」

夏瑤搖了搖頭說：「最後推了個馬夫出來頂罪，想也知道不可能……可是那天場面實在太過混亂，出席的人又多，找不到是誰下的手。」

丞相夫人也曉得這種事大多是查不出來的，嘆氣道：「只能平日多提防一些了，其實連衝著誰去的都不知道呢。」

是啊，巧合太多了，若是沈世安沒攔住馬呢？也許是衝著齊王爺去的？還是那群年幼的孩子？

丞相夫人不再提這事，轉而問道：「妳之前說要開什麼鋪子？」

夏瑤眼珠子轉了轉，從娘親懷裡直起身，說道：「等會兒和爹爹一起的時候再說吧，省得我還要說兩遍。對了，我今天帶了不少新鮮的食材來呢，去廚房給你們做點好吃的。」

丞相夫人攔不住她，笑著搖搖頭說：「這丫頭，搞得神神秘秘的。」

這會兒天氣還挺熱的，夏瑤不想在廚房多待，加上丞相府本來就備了菜，所以她就只做了檸檬雞絲、馬鈴薯牛肉餅，再加個涼拌小黃瓜，又叫人把自己帶來的蜜桃派從冷庫裡拿出來，當作飯後甜點。

檸檬雞絲酸辣爽口，很是開胃；馬鈴薯牛肉餅外層的麵衣薄脆，裡頭是綿軟的馬鈴薯牛肉泥，夏瑤用黑胡椒調味，完全遮蓋掉牛肉的腥氣，牛肉也不塞牙縫，讓人吃得滿足。

只見夏丞相一邊吃一邊道：「幸虧妳哥不在，不然又要多分爹爹幾塊餅去。」

夏瑤笑著說道：「爹爹少吃些，等一下還有點心呢。」

食慾大開的夏丞相咔嚓咔嚓地嚼著爽脆的涼拌小黃瓜，直道：「吃得下，吃得下！」

第二十二章　挑戰權威

吃過飯，夏瑤差人把蜜桃派端了上來。圓形的蜜桃派，按照夏瑤的吩咐切成一份一份的扇形，一圈奶油酥皮餅乾包裹著奶油卡士達醬，上面整整齊齊排列著粉紅色的桃子薄片，夏瑤還刷了一層檸檬糖漿，看起來亮晶晶的，格外刺激食慾。

丞相夫人用勺子挖下一塊送進嘴裡，甜美的桃子香味在口中散開，底下的檸檬奶油卡士達醬香濃可口，還有一股水果的酸甜，清新不膩，她滿意地點點頭道：「也不知道妳這丫頭哪來這麼些新奇的作法。」

夏丞相也說道：「瑤瑤如今可給爹爹掙足了面子，前幾天早朝的時候，陛下特地提了妳說的那個『反季節蔬菜』種植法，大大誇了妳一番，說爹爹養了個好閨女，把朝堂上一群老東西給羨慕到不行。」

聞言，夏瑤偏頭看了沈世安一眼，心知他是有意在陛下面前為自己爭功勞，便說道：「我不過就是提了個想法，後面都是王爺做的。」

沈世安笑著說道：「做事最難的就是從無到有，若不是王妃提出來，我有再多的想法也沒用。」

丞相夫人聽夏丞相說這事已經聽得耳朵都出繭子了，這會兒急著問別的，便岔開話題道：「瑤瑤，妳之前說想開一間新鋪子是怎麼回事？娘不是給了妳好幾間陪嫁的鋪子嗎？」

「喔對，我又買了間新鋪子，做點心的。」她告訴了爹娘自己的想法。「鋪子已經快裝修好了，到時候爹爹和娘親記得去看看呀。」

夏丞相和夫人面面相覷，同時皺起了眉頭。

「瑤瑤，妳要開鋪子，爹爹不攔著妳，只是這……都請女子來做工，是不是不太妥當？」夏丞相斟酌著用詞，說道：「從古至今，當掌櫃的女人，不是寡婦就是風塵女子，哪有正經人家的女兒會願意出來拋頭露面呢？」

「我知道。」夏瑤早就料到他們不會馬上表示贊同，平靜地說道：「就是因為這樣，我才要開鋪子。」

「這話怎麼講？女兒啊，妳可別犯糊塗！」丞相夫人急道：「若妳想幫那些女人，那捐點錢、做善事都行，娘不攔妳，只是開鋪子實在吃力不討好，到時候風言風語多得是，妳可承受得住？」

「女人們本本分分地開店，不偷不搶、不做壞事，不過是想憑自己的本事混口飯吃，為什麼要被人非議呢？」夏瑤看向自家爹娘，說道：「你們不覺得不合理嗎？為什麼男人可以靠自己的雙手吃飯，女人卻要依附男人才能存活，我們沒有手嗎？」

丞相夫人一愣，似乎在思考她提出的問題，只見夏丞相開口道：「女人本就該在家生兒育女，男人出門打拚，不就是為了讓家裡的女人跟孩子過上舒服的日子嗎？哪裡不合理了？」

「舒服？」夏瑤歪頭看了看他，問道：「若是男人靠不住呢？賺不到錢呢？又或者賺到了錢，但是不願意給妻子用，那該怎麼辦？」

「這……嫁雞隨雞，嫁狗隨狗……」夏丞相說道：「所以說女子嫁人之前一定要相看好人家呀。」

「不在一起過日子，誰知道自己嫁的是人還是鬼？」夏瑤反駁道：「更何況，也不是所有人家都像爹娘這樣事事為女兒考慮的。為了扶植家中的兄弟，賣女兒換親也是常事，一樣都是親生兒女，憑什麼要犧牲女兒來成全兒子？」

「這、這也是運氣不好，」丞相夫人說道：「自古以來女人不都是這樣過的嗎？」

「自古以來的傳統，就一定是對的嗎？不是，你們明知道不對，只不過是不想反抗罷了！」想起夏妘，夏瑤不由得有些激動地說：「你們曉得王爺最近在查的女童案嗎？有多少人家為了一時的富貴，就把女兒賣去那種地方？為什麼他們可以如此心安理得，如蛆蟲般榨乾女兒身上每一寸血肉，好滿足自己的貪慾？就因為女人不能創造價值，唯一的生存之道就是將自己綁在一個男人身上，為他生兒育女！我不過是想讓那些女人能不依靠他人，不靠著虛無縹緲的運氣存活，哪怕是一件粗布衣裳、一碗粗茶淡飯，也可以讓她像個人一樣活著，而不是可以任意交易的物品！」

夏丞相還在為女兒突然間爆發的情緒感到震驚，丞相夫人卻已經明白了她的意思。

「妳不只是要開一間鋪子，」丞相夫人說道：「是要挑戰這個世上固有的觀念，要讓女人擺脫自古以來依附男人生存的規則。這固然是好事，但也會給這裡帶來意想不到的變化，妳承擔得起後果嗎？」

「我知道。」夏瑤堅定道：「但我已經看到了這些規則的不合理之處，我的眼睛既然睜開了，就不可能再閉上。」

「胡鬧！」夏丞相猛然一拍桌子打斷了她。「妳想要做什麼？這是要造反啊！妳是丞相的女兒、是王爺的正妻，可以榮華富貴、無憂無慮地過一輩子，為什麼非要想不開給自己找事？安安穩穩地過日子不好嗎？」

「不好！」夏瑤拉高了聲音道：「我算什麼？我有這樣的境遇，靠的是爹爹您、是王爺，若沒有你們，我不過是個一無所有的女人！是啊，我的確可以過得一世無憂，但我看到了那些女人正在苦苦掙扎，若是我這樣身在高位、有能力的人都不幫她們，她們只會永遠陷在黑暗裡！爹爹，我知道男人會協助彼此，富貴之人會捐助貧苦書生，商人會給沒有一技之長的男人賣苦力賺錢的機會、給他們一處不用賣身也能待著的容身之所，那麼從我開始，女人之間，也會互相幫助。」

夏丞相氣得鬍子直翹，怒道：「爹爹不管誰去做這事，反正妳不許！」

只見夏瑤小臉脹紅，對著他喊了一句。「我最討厭爹爹了！」就轉身跑了出去。

聽著她急匆匆的腳步聲，沈世安知道自己追不上她，乾脆對夏丞相說道：「相爺，我一向尊您為師，小時候您就告訴我『達則兼濟天下』，我有過人的才智，不該用來捉弄人取樂，而該用於幫助天下蒼生，如今天下蒼生有一半人在受苦，您卻百般阻攔王妃伸出援手，實在太令我失望了！」

他說完也轉身出去了，夏丞相目瞪口呆，指著他的背影問自家夫人。「這小子罵我呢？」

「不該罵嗎？」丞相夫人心中有氣，怒道：「瑤瑤好不容易回來一次，就被你氣走了，你開心了？」

「明明是她氣我！」夏丞相回道：「天下這麼多人，偏要她這小丫頭來做這事？」

「那誰來做？你做？」丞相夫人「哼」了一聲，道：「你為官也幾十年了，這種事見得比瑤瑤多得多了吧？也沒見你做什麼啊。」

語畢，丞相夫人也走了，夏丞相一個人被留在飯廳，突然覺得空虛寂寞、覺得冷。

沈世安問過門口的侍從，在馬車上找到了夏瑤。

「王妃？」他掀開簾子進入馬車，隨即被忽然撲進他懷裡的人嚇了一跳。

沈世安先是愣了一下，接著輕輕地拍了拍夏瑤的背道：「別傷心，相爺只是一時轉不過彎來，等他想通了，就會理解妳的。」

夏瑤抽了抽鼻子道：「爹爹太討厭了，竟然凶我！」

沈世安不好跟著她一起罵她爹，只好沈默地隨夏瑤抱著他的腰嘀嘀咕咕，好在夏瑤是不需要別人不停安慰的性子，慢慢地就緩過來了。

等情緒平復之後，夏瑤才意識到自己一時激動，竟然抱著沈世安好一會兒了。如今「美人在懷」，夏瑤不由得心猿意馬起來，嚥了嚥口水，悄悄伸出手摸了一把他精瘦的腰身。

沈世安倒抽了一口氣，一把抓住她作亂的爪子道：「別亂動。」

夏瑤抖了一下手，咕噥道：「小氣，摸一摸也不行啊？」

沈世安被她的厚臉皮嚇到了，另一隻手摸索著捏住她的臉頰道：「小騙子，妳其實沒那麼傷心吧？」

夏瑤捨不得把手從他身上拿下來，便晃了晃腦袋，把自己的臉頰從他手中解救出來，笑嘻嘻地說：「我知道我爹肯定不會一下子就接受的。第一，他身為這個規則的既得利益者，當然不會覺得規則需要改變，相較於改變引起的各種麻煩，自然是維持現狀比較輕鬆；第二，他的確是個寵愛女兒的父親，他希望我一輩子都過得安穩順利，不要有太多波折，而我要做的事和這點實在是相去甚遠。所以我如果不假裝生氣，刺激他一下，他不會認真思考我對這件事的態度有多嚴肅。」

沈世安搖搖頭，心想老狐狸最終還是要敗在小狐狸手中，他問道：「那妳還回去嗎？剛剛還沒和妳爹娘告辭呢。」

「不回去了，演戲演到底嘛，大不了到時候再和他們道歉。」夏瑤無賴地說道：「我們回家吧。」

沈世安點了點頭，吩咐車夫啟程回王府，卻沒讓夏瑤從自己身上起來，就這麼一路縱容著她回到了府中。

夏瑤在心裡偷樂：抱到了，滿足！

晚上夏瑤收到了娘親差人遞來的字條，上面寫著——

不管瑤瑤想做什麼，娘親都會支持妳的。

夏瑤笑著看完字條，然後摺起來鎖進了自己櫃子裡。

季節變換，夏去秋來，當後花園裡的南瓜與玉米長起來的時候，夏瑤的店總算裝修完畢了。

還未正式開業，沈玉和上官燕就迫不及待地說要過來參觀，夏瑤正領著金師傅等人適應鋪子裡的廚房，便直接跟她們約在店裡。

夏瑤開門迎接她們進來，一進門，兩人就驚呼了一聲。

和之前細部擺設尚未完成的樣子相比，如今櫃檯邊的架子上已擺上了滿滿的食物模型，後方的酒櫃則是夏瑤釀的幾種酒水，包括桃花酒、青梅酒、山楂酒還有梅子露跟櫻桃露。再稍稍抬頭，就能看到從屋梁上垂下的長繩，錯落地懸掛著大大小小的藤球。

夏瑤說道：「藤球裡都有蠟燭，到了晚上把蠟燭點起來，特別好看。」

沈玉搖搖頭說：「妳這小腦袋瓜到底怎麼長的，怎麼有這麼多新奇的點子？」

夏瑤笑咪咪地說道：「我們去樓上，還有呢。」

樓上空間大，夏瑤只用了一半做了個休息室。她推開門，對著她們做了個「請進」的手勢，說道：「請吧。」

上官燕和沈玉一臉好奇地進了門，隨即張開嘴愣在原地。

夏瑤選用現代的裝修風格，地面上鋪了深色地板，進門處有個鞋櫃，裡面放著軟軟的棉布居家拖鞋。客廳中間是一張長長的貴妃榻，不過說是貴妃榻又有些不恰當，它比一般的貴妃榻長多了，而且用淺藍色棉布包了起來，裡面鼓鼓的，像是塞滿了棉花，看起來柔軟厚實。要是她們問起的話，夏瑤會說這個叫「布沙發」。

貴妃榻旁邊有兩張矮矮的、用布料包起來的大椅子，整個人窩上去都夠，大椅子前面有張長橢圓形的矮桌，地上鋪了一層厚厚的白色地毯，上面零散地放著幾個抱枕，看起來溫馨舒適。

沙發後面是一個很大的滑軌門，這會兒開著，可以看到門外是鋪著深色木板的露天平臺，邊上是鏤空的同色木圍欄，種了一圈綠色植物，平臺上放了竹製的躺椅和小圓桌，上方則用深色布料做了個遮太陽的頂棚。

上官燕和沈玉還是第一次碰到進門要換鞋的事，不過瞧著看起來特別輕盈的棉布居家拖鞋，還是很開心地脫了鞋換上，那輕柔的觸感讓她們掩飾不住驚訝之情。

夏瑤吩咐晚秋過一會兒拿些點心和梅子露上來，就帶著她們兩個參觀起自己的休息室。

「這是書架，不過我還沒來得及添置什麼書，妳們有什麼喜歡的書可以拿來，我們一起看。」夏瑤指了指一個木製書架說道。

「好呀好呀，我有好多想看的話本，可我娘不讓我看，到時候我買了就放在妳這兒！」上官燕開心道。

希望上官燕的娘親別摸到這裡來，夏瑤心虛地想，不然自己還得擔上包庇的罪名。

「這邊是衣櫃，我放了幾套衣服在這兒，以備不時之需，後面還弄了個小臥房，可以睡個午覺。」夏瑤推開門讓她們瞧了瞧，又道：「臥房就不帶妳們看啦。」

這間臥室沒啥可看的，裡面地方不大，就擱了一張床，不過放了和沙發同色系的床單與被褥，看起來舒適溫馨。

「這個是什麼？」沈玉指著房裡一個占據了很大空間的東西問道。她一進門就看到了，像是石塊砌的，高高的一直延伸到房頂。

「這個是壁爐，」夏瑤打開壁爐的門讓她們看，解釋道：「全是用石頭砌的，裡面有通風口直達屋頂，冬天時在裡面燒炭或燒柴都行，既暖和，又不會有煙。」

壁爐還沒使用過，裡頭乾乾淨淨的，沈玉跟上官燕顧不得形象，蹲下來看了半天，上官燕一臉羨慕地說：「真的那麼好用嗎？以往到冬天都要燒炭盆，再怎麼好的炭，多多少少會有些煙味，可嗆人了，但又不能不用。」

夏瑤點頭道：「煙是往上走的，用壁爐能直接通到外面，炭盆不方便，用得不好還會有危險，我打算讓工匠在王府裡也做壁爐。」

「沒錯，往年到冬天總要走水幾次，而且有的人家燒炭盆時忘了通風，一家子都……」沈玉越想越覺得壁爐不錯，問夏瑤。「王府的壁爐要是做好了，能不能幫公主府也做一個？」

夏瑤想了想，說道：「如今才入秋，還有一段時間才到冬天，應該來得及。」

上官燕立刻在旁邊跳起來道：「我也要我也要！」

夏瑤無奈地答應了，心想壁爐這種西方大城堡裡的標準配置，不會從她這邊開始成了東方特產吧？

參觀完一圈，晚秋就端著吃的上來了，夏瑤脫下鞋窩到沙發上坐著，總算是滿足了想在古代享受現代舒適生活的願望。

「太舒服了，我從來沒坐過這麼軟的椅子……」上官燕學夏瑤脫了鞋踩到毛絨絨的地毯上，然後坐到沙發上，頓時感覺整個後背都被柔軟的棉花包裹住了，不禁讚嘆道：「我可以在這裡坐一輩子！」

「怎麼樣？我說過這貴妃榻不會讓妳失望吧？」夏瑤笑著說道：「妳還要樓下的桌椅嗎？」

「什麼桌椅？誰要桌椅了？」上官燕在沙發上滿意地蹭了蹭，說道：「瑤瑤，送我一套這個貴妃榻，妳就是我這輩子最好的朋友！」

「妳的友情還真是容易得到，就值一套貴妃榻？」夏瑤笑著又轉頭問沈玉。「皇姊要不要？」

沈玉坐在沙發上，覺得設計得很巧妙，雖然柔軟但又托得住人，尤其中間下方那微微凸起的一塊，恰到好處地墊住腰背，令人格外舒服，她點點頭道：「要！等妳開業了，皇姊給妳介紹客人來。」

「說到開業，」上官燕端起梅子露啜了一口，問她。「還有多久才開業啊？我好著急。」

「點心的種類還沒完全定下來，掌櫃也沒找到人呢。」夏瑤有些發愁地說：「掌櫃的要求有些高，實在不好找，大多數女子不願意拋頭露面在櫃檯前招呼客人。」

沈玉頷首道：「是啊，掌櫃向來是男子，要靈活、會看人，還要記性好、會算賬，他們也只收男徒弟，上哪兒找會記賬算賬的女子呢？」

「能識字就行，別的可以慢慢教。」夏瑤又起一個牛奶球說道：「這事也急不來，我叫人接著找吧。」

第二十三章　開張大吉

自從店面裝修完畢後，夏瑤就差人張貼招聘告示，偶爾也有人上門，但是幾乎都是男子。她本以為點心鋪子的掌櫃會難產，已經做好準備到時候自己頂一段時間了，不料半個月之後，就讓她找到了合適的人選。

這天晚秋上樓說有人來應聘，待下了樓，夏瑤一眼就瞧見門口站著一個瘦弱的年輕男人，雖然本來就不抱希望，但說不失落是騙人的。

晚秋看夏瑤的表情就知道她在想什麼，笑著指了指屏風裡面道：「還有一位姑娘呢。」

夏瑤一聽有位姑娘，腳步頓時加快了，她先對那男子說道：「外頭白紙黑字寫了只要女子，您請回吧。」

那男子卻不願意輕易放棄，開口道：「我看夫人外面貼的告示是要找掌櫃，掌櫃自古以來都是男子擔任，女子哪有會算賬的。」

夏瑤皺了皺眉道：「先生既然會算賬，那麼去哪裡都能找到掌櫃的工作，不用非要來我這裡。」

那男子理直氣壯道：「我不會算賬啊，是看這裡連女子都收，我一個男人定然不會比女人更差，起碼我識字。」

夏瑤簡直要被氣笑了，回道：「你識字是吧？那我門口白紙黑字寫了只收女子，你進來做什麼？」

男子見這話起不了作用，又看夏瑤只是個年輕女子，立即換了一招賣起慘來，哭喪著臉道：「我家中有妻兒老母，身體孱弱又賣不了力氣，幸虧識得幾個字，多少能有些用處，還請夫人給個機會。」

夏瑤看了看他，問道：「你家中有妻子？」

男子見有戲，趕緊點點頭說：「是，家中有妻子，還有兩個孩子，一家子就指望著我吃飯呢。」

「既然如此，那就叫你妻子來吧，我這裡還缺個小二。」夏瑤說道。

男人目瞪口呆地說：「這、這拋頭露面的事，怎能讓婦道人家來做？」

「看來你家裡也不是很缺錢，請回吧。」夏瑤不想再和他廢話，示意晚秋趕人，自己則轉身進了屏風後面。

那男子還要說話，就被晚秋攔住，打開了店門道：「請。」

夏瑤這會兒早已顧不得那男人要說些什麼，因為她被裡面那姑娘的美貌震懾住了。

她穿越過來以後見過不少美人，皇后、沈玉、上官燕和王秋語都美得各有特色，但沒有哪個比得上眼前這個姑娘，一眼就讓人驚豔。

夏瑤克制住自己的激動之情，從嗓子裡憋出了一句。「妳好。」

只見那美人微微屈膝，低頭向她行了個禮。「見過瑞王妃。」

夏瑤一愣，問道：「妳認識我？」

美人搖搖頭說：「小女聽說這店裡招女子當掌櫃，特地打聽了一下，才知道原來是瑞王妃開的店。」

夏瑤點點頭，這會兒她稍微冷靜了一點，請對方坐下後問道：「妳識字？會算賬？也不怕拋頭露面？」

美人溫和地回道：「識字，算賬也會點皮毛，只是……瑞王妃不問問小女是什麼人嗎？」

夏瑤眨眨眼，問道：「妳是什麼人？」

美人淺淺一笑，說道：「我娘是青樓女子。」

夏瑤被她笑得有些失神，片刻後才問道：「啊，哪個青樓？」

美人略微詫異，心想這小王妃莫非太過單純，連青樓都不知道，不由得問道：「瑞王妃知道青樓是什麼地方嗎？」

夏瑤頷首道：「知道啊，妳這麼漂亮，妳娘是不是花魁？」

連花魁都知道，的確明白青樓是什麼地方了。美人深吸了一口氣道：「她當花魁，是小女出生之前的事了，小女不知道親爹是誰，是被小女的娘在青樓養大的，不過王妃放心，小女不接客。」

夏瑤沈默了一會兒後說道：「妳娘……很不容易，她對妳很好。」

美人的眉宇間多了一絲溫柔，輕聲道：「是啊，她賺的錢基本上都給了樓裡的嬤嬤，就為了保證小女可以不做這一行，還請人教小女認字跟算賬，說多一點本事就多一條出路。其實按照她當年的身價，把自己贖出來也不難，可她為了小女，一直留在那裡，現在小女就想多賺點錢帶她離開，我們兩個人一起過日子。」

一個古代的女人，能想到讓女兒靠著學習改變人生，可真是不容易！夏瑤拿了份自己設計的試題讓她做，上面有簡單的閱讀和算術題，過了這麼久，這試卷總算是用上了。

美人沒多久就寫完題目了，夏瑤拿過來看了看，成績居然出乎意料的好。原本她還想著若是考試結果不如意，自己可以帶她一段時間，這會兒看來，這美人可以直接開始工作了。

「對了，還沒請教妳叫什麼名字呢？」夏瑤說道。

美人笑了笑，回道：「顧雲落，跟小女的娘姓。」

夏瑤點了點頭道：「妳今晚準備一下，明天辰時過來，我告訴妳工作內容和每個月的工錢怎麼算。這邊有現成的員工宿舍，地方不大，不過現在人少，一人能住一間屋子，最好來這邊待著，大家彼此多了解一些，工作起來也好溝通。」

雖然夏瑤這番話裡有幾個詞聽起來有些彆扭，不過顧雲落能理解意思，她頷首道：「明白了。」

凰鳴街有一間新店要開了，這間鋪子從很久以前就引發了眾人的好奇心。

先是買下鋪子的人將原本的裝飾敲了個乾淨，東西也被扔在外頭，倒是讓街坊們撿了不少完好的桌椅跟櫥櫃。

接下來重新裝修了好些日子，裝修完成之後就大門緊閉，每天都從裡面傳出香噴噴的味道，搞得大夥兒口水直流，卻不得其門而入。

這天賣雜貨的老吳挑著擔子去賣東西，想和以往一樣順路去那個鋪子外面聞聞香味，剛走到路口，就見店門口圍了一大群人，他擠過去一看，原來是那間奇怪的鋪子開張了。

「誒，那店名寫的是啥？」人群中有人問道。

「三顧。」有識字的人說道：「是再三光顧的意思嗎？倒是有趣。」

「真的好香啊，什麼味道？」有嘴饞的人聞著店裡傳出來的香氣問道：「這鋪子到底是賣什麼的？」

「這麼香，肯定是賣吃的啊，你進去看看不就知道了？」旁邊的人說道。

「那你怎麼不進去？」那人回問他。

上官燕拉著沈玉從二樓往下看，她著急道：「他們怎麼不進來？」

夏瑤笑了笑，說道：「別急，這才剛開門呢。」

果然，過了一會兒，就有人說道：「行了行了，我先進去看看。」

那是個身穿刺繡長衫的年輕男子，看衣著就知道家境應該不錯，他進了鋪子，一眼就看到櫃檯站了位年輕姑娘，頓時尷尬地問道：「你們掌櫃的呢？」

顧雲落淡淡一笑，回道：「小女就是掌櫃的，店裡賣的東西都在架子上，您自己看，有什麼不明白的問小女就行。」

那年輕男子有些詫異，但還是依言去看架子上的食物模型，一看之下，一個都不認識。

「果醬甜甜圈？」他看著架子上一個看起來像小輪子的東西問道。

「是用麵粉和牛奶做的，裡面夾了酸甜的果醬。」顧雲落拿起準備好的試吃盤子道：「客官可以嚐嚐。」

年輕男子看向她遞過來的盤子，上面放了切成小塊的果醬甜甜圈，中間夾著暗紅色的果醬。他有些不好意思，不過到底還是沒抵住自己的好奇心，拿了一塊。

甜甜圈是油炸過的，又香又鬆軟，還撒了一點糖，果醬不知道是用什麼果子做的，酸酸甜甜的，清爽不膩。年輕男子點點頭道：「好吃，怎麼賣？」

「十五個銅板一個。」顧雲落答道。

……有些貴。買個包子當早飯，素的三個銅板，葷的也只要五個銅板，不過考慮到材料又是果醬、又是牛奶，還用油炸過，這價格也說得過去，於是年輕男子說道：「給我拿兩個。」

拿了兩個果醬甜甜圈之後，顧雲落見對方又低頭看著架子說：「茶香牛奶球、油炸豆腐、豆沙雙色捲、紅茶凍、雙皮奶……掌櫃的，這裡的吃食我真是一樣都沒見過啊。」

顧雲落一一向他介紹了，又說道：「油炸豆腐最好是在這兒趁熱吃，屏風後頭有座位，風景也好，客官要不要看看？」

「今天就不了，過兩天我再帶我娘子來坐坐。」年輕男子又買了一袋豆沙雙色捲，這個便宜，一袋子只要十五文，他說道：「你們這兒弄得不錯，看著就討喜。」

顧雲落為他結了帳，抬頭一看，就見夏瑤趴在二樓的扶手旁，對著她豎了個大拇指，她忍不住眯起眼睛笑了。

那年輕男子出了店，圍在門口的人頓時一擁而上，此起彼落地問道——

「裡面賣什麼？」

「東西貴不貴？」

「你倒是快跟我們說啊！」

「就是各類點心，味道還不錯。」年輕男子揚起手裡的紙包讓他們看，說道：「你們進去瞧瞧唄，掌櫃的挺好說話的，還讓我嚐過再買，我買了兩樣，拿回去哄孩子。」

聽說可以嚐了再買，外頭的人頓時一股腦兒地往裡面擠，幸虧這鋪子是開在凰鳴街，周圍沒什麼人，不然非得出事不可。

一群人進了店，見到站在櫃檯的顧雲落，又是一愣，前頭有人問道：「妳是掌櫃的？」

顧雲落大方地笑著說：「正是，諸位客官請去架子前看看，感興趣的話可以來櫃檯這兒先嚐嚐味道，不滿意可以不買。今天是開張第一天，老闆說了，不怕虧錢，若是第一次沒嚐出味道，還能嚐第二次。」

一番話說得眾人都笑了，他們確實有不少人是打著嚐嚐味道但不花錢的心思進來的，被顧雲落這麼一說，倒有些難為情。

有人指著架子上最便宜的油炸豆腐問道：「這油炸豆腐就是外頭賣的那種嗎？怎麼還貴一些呢？」

「一分錢一分貨。」顧雲落掀開櫃檯後頭的一個小布簾，那邊是通往後廚的窗口，她喊了聲。「上一份油炸豆腐試吃。」

裡頭很快就有道清脆的聲音應道：「稍等，馬上來！」

「唷，姑娘，」有客人問道：「你們家的廚子是個女的呀？莫非是妳娘？」

顧雲落搖搖頭說：「不是小女的娘，我們這後頭三個廚子，都是女的。」

眾人有些訝異，不過如今也有女子出來擺攤，大多是寡婦，點心鋪子的廚子是女人，還不如掌櫃是女人帶來的衝擊大，畢竟這可是要拋頭露面的工作。

油炸豆腐很快就從窗口遞了出來，量還不少，顧雲落抓了幾根小竹籤放在旁邊，說道：「大家來嚐嚐吧，有點燙，慢慢吃。」

這道油炸豆腐色澤金黃，上頭還淋了些深色醬料，先前問話的人第一個靠過去，用小竹籤戳了一塊，吹了吹氣送進嘴裡。

剛炸出來的豆腐，外面吹涼了，裡面卻還滾燙，把那個人燙得直跳腳，好不容易才嚥下去。

旁邊的人忍不住問道：「如何？好吃嗎？」

那人「嘶」了兩聲才道：「別急，剛剛太燙了，我再嚐一塊。」

問話的人一把推開他。「滾吧你，我自己嚐！」

顧雲落笑道：「客官若是喜歡就買一碟吧，這東西不貴，我們後頭還有坐的地方，買一碟點心，配一杯小酒，在後面看看風景，不是很愜意嗎？」

「你們這兒還有酒？什麼酒啊？」那人問道。

「桃花酒、青梅酒、山楂酒……」顧雲落介紹道：「若是不會喝酒，還有梅子露和櫻桃露。」

那人聽得心動，摸了摸下巴道：「行，那我來一碟油炸豆腐，再來一壺桃花酒。」

顧雲落記住了這位客人的臉，伸手示意他往屏風後走。「客官坐著稍等，小女一會兒給您送過來。」

那人樂滋滋地走到屏風後面，頓時「唷」了一聲，朝外頭道：「你們快來瞧瞧！」

外面的人原本還在起鬨說要嚐雙皮奶，聽他這麼一喊，便跟過去看，一時之間驚嘆聲此起彼伏。

「這桌椅可真好看啊，怎麼做的？」

「瞧這小墊子，可真軟乎，是個小雞仔吧？也不知道賣不賣，家裡孩子肯定喜歡！」

「裡頭是棉花吧？我回去給我孩子也照著做一個。」

底下熱熱鬧鬧，沈玉在樓上聽著，心情放鬆了下來，說道：「還好，倒是沒有我想像中那麼艱難，我本以為大家會不能接受一個年輕姑娘當掌櫃呢。」

見顧雲落做起事來有條不紊，夏瑤也放心了，跟著她們進了休息室，說道：「其實一般老百姓不會顧慮太多，東西好吃、價格適宜，對他們來說就夠了，至於掌櫃的是男是女、是姑娘還是寡婦，和他們關係並不大，最大的障礙也不在他們身上。」

上官燕問道：「那在誰身上？」

夏瑤歪了歪頭說：「我現在還不知道。」

上官燕狐疑地看看她，又看看沈玉，說道：「我總覺得妳們神神秘秘的。」

沈玉揉了揉她的頭髮說道：「想不明白的時候不妨檢討看看，是不是因為妳不夠聰明呢？」

上官燕愣了一下，跳起來要用抱枕打她，沈玉憋著笑跑開了。夏瑤嫌棄地搖搖頭，覺得這兩個人在這裡待久了，真是一天比一天放肆，出門看著都是大家閨秀，躲在這休息室裡就是小瘋子。

店開了幾天，這天吃晚飯的時候，沈世安問她。「店裡怎麼樣？有沒有要幫忙的？」

「不用，挺好的。」夏瑤笑咪咪地說道：「雲落姑娘真的很厲害，一點也不用我操心。」

「雲落？喔，是那個要贖她娘親出來的？」沈世安想起來了。

「是啊，」夏瑤撐著下巴誇讚。「雲落姑娘又漂亮又聰明，像天上的仙女似的。」

沈世安想起夏瑤第一次見他練劍的時候說他是仙人下凡，現在才知道原來她都是這麼誇人的，並不是自己專屬的特權，頓時不高興起來。

夏瑤看著突然變得低落的沈世安，稍微想了想就猜到他為什麼不開心。不得不說，比起剛認識時他情緒毫無起伏的樣子，這個隨時在她面前展露真心的王爺還滿可愛的。

「不過雲落姑娘可比不上王爺，就算一樣是仙人，王爺也是裡頭最好看的那個。」夏瑤趕緊補充道。

沈世安挾菜的手一頓，努力掩飾自己翹起的嘴角，說道：「吃妳的飯。」

夏瑤眼珠子一轉，湊到他面前，小聲道：「王爺，你每次生氣，其實就是想聽我哄你吧？」

沈世安的湯剛喝進嘴裡，聞言瞬間咳得驚天動地，好好的瑞王爺，差點被一口湯給滅了。

誰知夏瑤剛說完店裡一切都好，過沒兩天，就遇上鬧事的人了。

「姑娘，妳長得這麼漂亮，何必在這裡拋頭露面，做這種上不了檯面的事呢？只要妳願意跟著我，榮華富貴應有盡有！」一個打扮與談吐都很油膩的男子倚在櫃檯上，自以為很有魅力地說道。

上官燕噁心得渾身起了雞皮疙瘩，問一旁的夏瑤。「要我請巡邏的禁衛軍過來嗎？」

夏瑤搖搖頭道：「不必，先看看她自己怎麼處理。」

——未完，待續，請看文創風1004《扶瑤直上》下

為流浪貓狗加油 和貓寶貝 狗寶貝 廝守終生(一定要終生喔！)的幸福機會

對人來說，貓寶貝狗寶貝只是生活的一部分，但妳（你）對牠們來說，卻是生活的全部，領養前請一定要考慮清楚——

▲ 天生體育魂的男兒 UNO

性　　別：男生
品　　種：米克斯
年　　紀：1～1歲半
個　　性：慢熟，對環境較敏感
健康狀況：已定期完成狂犬病疫苗、犬八合一疫苗，及全能狗S驅蟲
目前住所：屏東縣內埔鄉（暫住國立屏東科技大學犬舍）

本期資料來源：送養人章小姐本身為國家考試合格獸醫師

『UNO』的故事：

擺動一雙立耳，張著炯炯有神的雙眼，體態強健婉美狗界健將──牠是UNO。很難想像牠一歲以前只住在小小的籠子裡，和其他兄弟姊妹們一起打架、搶食、喝著水盆裡濺到尿的水，並不時踩踏籠內的糞便。

後來被中途姊姊們發現並給予細心照顧後，UNO改變了，尾巴從初見面時緊張得夾緊，到現在會興奮得高高豎起；食物從只會吃飼料，到現在極鍾愛奶製品──牛奶和起司。

經過一連串的訓練啟發，現在的UNO熱愛戶外運動，爬山、溯溪、機車兜風都有牠的身影，尤其最愛需要全身力量的奔跑跟跳躍，因為運動會讓牠開心一整天！

日子一天天過去，UNO也不斷地成長進步，目前尚在等待為牠牽起牽繩另一端的主人。若您喜愛探索、親近大自然，身邊還缺個強健、忠誠的好夥伴，不如來章小姐的粉絲專頁「屏東狗子找個家」https://www.facebook.com/PINGTUNGDOG/，鎖定UNO準沒錯！

認養資格：

1. 年滿20歲，經濟獨立，可負擔UNO未來飼養及醫療費用。
2. 第一次見面須親自到屏東跟UNO會面，確認彼此是否適合。
   配對成功後，送養人可以送UNO至認養人住家，全台均可送養。
3. 須同意結紮及植入晶片，認養人須負擔部分結紮費用500元。
4. 須同意簽認養寵物切結書。
5. 須同意送養人日後之追蹤探訪，對待UNO不離不棄。

來信請說明：

a. 個人基本資料：姓名、性別、年齡、家庭狀況、職業與經濟來源等。
b. 想認養UNO的理由。
c. 過去養寵物的經驗，及簡介一下您的飼養環境。
d. 若未來有結婚、懷孕、出國或搬家等計劃，將如何安置UNO？

望今朝碎碎唸唸之人，亦相伴歲歲年年／寒山乍暖

2021年10月出版

萬能小媳婦

人家對她好一分，她必是要還回十分才覺心安，
偏偏他這人啊，嘴上從不會說些甜言蜜語，
不過她曉得，他是將她放在心尖尖上珍藏著的，
於是乎，她欲走不能，莫名丟了心；
於是乎，她甘願和他結髮一生、相伴一世……

文創風 996 1

因為長得漂亮，命格又與沈羲和相合，所以顧小被沈母買回家當他的童養媳，
可被壞心奶奶賣掉的她一心只想回顧家找娘親，於是她大著膽子去尋賣身契，
不料陰差陽錯之下被眼裡揉不得沙子的沈母抓了個現行，認定她在偷錢，
沈家是容不下偷雞摸狗之人，更何況「偷」的還是沈羲和的趕考銀子！
毫無懸念的，她被趕走，結果在回顧家的路上摔下崖，結束坎坷的一生，
然後……顧筱就發現自己一睜開眼竟穿書過來，成了顧小那個小可憐了！
最要命的是，她就在案發現場、手裡正抓著那只該死的錢袋！
估計沈母現正站在門口準備進來抓她呢，這是天要亡她吧？

文創風 997 2

按原書設定，自小聰慧的男主沈羲和年紀輕輕就考中秀才，且一路考一路中，
三元及第、加官進爵後還娶了善良的女主，顧筱當初看書看得是無比開心，
然而，當她成了男主功成名就前那個短命的童養媳，故事可就不那麼美妙了，
因為沈羲和從未喜歡過那個性子怯懦、舉止粗鄙又大字不識一個的童養媳啊！
若她硬留在沈家就是擺明了招他嫌的，可她就算有心想走也走不了呀，
畢竟她初來乍到，還人生地不熟，空有美貌卻沒錢沒勢地在外走跳鐵定完蛋，
更何況，她的賣身契還捏在沈母手中呢，沒拿回來前她也沒那個臉偷跑，
所以她決定了，得先想法子賺錢攢夠銀子，把賣身契贖回來再揮揮衣袖走人！

文創風 998 3

由於家裡出了個很會讀書的沈羲和，一家子傾全力供他讀書科考，
所以沈家十幾口人，平時日子過得緊巴巴的，那是真窮，
家中大權握在沈母手中，就連柴米油鹽能用多少都是她說了算，
因此身為女子的顧筱要在家裡頭吃口肉實在是奢想，
不過她算是漸漸抓到了跟沈母相處的訣竅——順著毛摸！
凡事只要打著「為了相公好」的名義，沈母就沒有不點頭的，
憑藉這點，她私下做手工藝攢錢的事沈母都沒多說什麼，
因為在沈母心中，她就是個為了相公掏心掏肺的傻丫頭呀！

文創風 999 4 完

羊毛氈、貝殼風鈴等，顧筱努力做出各種精緻的手工藝品來吸引顧客，
名聲出來後，越是獨一無二、出自她手的作品，就越是有人搶破頭要收購，
不過她也沒忘了帶領沈家人開食肆、買土地，過上滋潤的日子，
她出得廳堂、入得廚房，賺得盆滿缽盈，讚她一句萬能小媳婦她都不害臊，
雖然沈羲和早把賣身契還她，可奇怪的是，重獲自由身的她竟捨不得離開了，
再加上她那名義上的相公早已滿心滿眼都是她，對她呵護備至、疼寵有加，
所以她認真想了想，要不……就留下來嫁給他，不走了吧？
賺錢養家這種小事交給她，他便負責光宗耀祖，這筆買賣似乎還挺划算的啊！

2021年9月出版

二嫁的燦爛人生

文創風 993~995

重生簡直是個坑，她莫不是得罪地府的人吧……
二嫁便罷，為何又嫁給京城第一紈袴了?!

後宅在走，雌威要有／李橙橙

前世嫁給紈袴世子謝衍之，新郎在成親當天落跑不說，嫁妝還被債主搶光?!
沈玉蓉不堪羞辱上吊自盡，魂遊地府遇到早逝親娘，習得種種好本事，
廚藝、農事、武術，連催眠都難不倒她，但此時命運又對她開了莫大玩笑——
她居然重生了，夫君正是謝衍之，說什麼要從軍立功，連她的蓋頭都沒掀就跑了！
這理由也太氣人，幸虧她已非昔日小白花，既來之則安之，好好活著才是要緊。
根據上輩子記憶，除了謝衍之，謝家大房全是和善婦孺，還窮得快揭不開鍋，
堂堂侯府落魄至此，她也只能拿出真本領，帶著婆婆跟弟妹們一起發家致富！
說到京城裡紅火的生意，莫過於茶樓跟酒樓，話本、美食便是金雞母啦，
她在地府博覽群書，寫個話本小菜一碟，又做得一手好料理，定能以此賺銀兩。
但女子謀生不易，聽聞長公主府善此道，該怎麼讓這座有財有勢的靠山幫她呢？

文創風
1003

扶瑤直上 上

國家圖書館出版品預行編目資料

扶瑤直上 / 若涵著. --
初版. -- 臺北市 : 狗屋出版社有限公司, 2021.10
冊 ; 公分. --（文創風 ; 1003-1004）
ISBN 978-986-509-260-3（上冊 : 平裝）. --

857.7 110014947

著作者 若涵
編輯 連宓均
校對 陳依伶
發行所 狗屋出版社有限公司
地址 台北市104中山區龍江路71巷15號1樓
電話 02-2776-5889～0
發行字號 局版台業字845號
法律顧問 蕭雄淋律師
總經銷 知遠文化事業有限公司
電話 02-2664-8800
初版 2021年10月
國際書碼 ISBN-13 978-986-509-260-3

本著作物由北京晉江原創網絡科技有限公司授權出版

定價260元
狗屋劃撥帳號：19001626
網址：love.doghouse.com.tw E-mail：love@doghouse.com.tw